保《ほ》健《けん》室《しつ》の午《ご》後《ご》

学校の物語

赤川次郎

JIRO AKAGAWA
MYSTERY BOX
ミステリーの
小箱

もくじ

カバー・本文イラスト　456
デザイン　西村弘美

学校、つぶれた？

1

春の、気持ちのいい朝だった。

といっても、学校へ行くのに早く起きなきゃいけないのでは、あんまり、気持ちがいいともいえない。

幸子《さちこ》は、別にお寝《ね》ぼうさんではなかったけれど、やっぱりねむいのを起こされるのは好きじゃなかった。だれだってそうだろう。

それで、この朝も、アーアと大きなあくびをしながら、やっとのことで起きてきたときには、母親の顔が少々こわくなりかけていた。あと三分おそかったら、目をつりあげて、おこりだすところだ。

「早く食べないと遅刻《ちこく》よ」

と、えり子《こ》は言った。

えり子、というのは、母親の名前である。

「毎日おんなじこと言わなくたっていいわよ」

小学校も五年生になると、こういう生意気な口をきくようになる。もっとも、えり子のほうもすっかりなれっこで、

「だったら、言わせないようにしてちょうだい」

と言い返している。

まあ、おたがい、いろいろとブツブツ言ってるけど、まずは仲のいい母とむすめなのだ。

幸子の朝食はパンである。それだけじゃ栄養が不足するというので、えり子は、かならず卵《たまご》やハムをつけて出すようにしていた。

幸子は、友だちに、朝は何も食べてこないという子が何人もいるのを知っていたから、このことでは、母親に感謝《かんしゃ》していた。

「さあ、早く食べて！　あわてるとかならず忘《わす》れ物《もの》をするわよ」

この、やかましいところさえなければ、ほんとうにいいお母さんなんだけど、と幸子は、心の中で考えた。

朝食を、そろそろ終えようか、というとき、玄関《げんかん》のチャイムが鳴った。

「だれかしら、こんな朝から……」

と、えり子は言いながら、玄関《げんかん》へ出ていって、

「どなたですか?」

と、声をかけた。

「小林《こばやし》さん! わたし、古川《ふるかわ》よ」

小林というのは、えり子の姓《せい》。そして古川圭子《けいこ》は、この近所の、幸子の同級生、武《たけし》の母親である。この二人の母親は、とても仲がいいのだ。

なんだか古川圭子が、ひどくあわてた様子なのが気になって、えり子は、急いで玄《げん》関《かん》のドアを開けた。

「どうしたの?」

と、えり子はきいた。

「あのね――」

古川圭子は、走ってきたのか、息を切らしながら、「たいへんなのよ！」

「何が？」

たいへん、だけでは、なんのことやら、さっぱり分からない。

「あのね――今朝は、うちの武が当番で、早く学校へ行ったの。そしたら、学校の門にはり紙がしてあって――」

「まあ。なんですって？」

「学校がね、つぶれちゃったんですって」

と、古川圭子は言った。

「まさか」

と、つい、えり子は言っていた。

そりゃそうだろう。いきなりそんなことを言われても、信じられるはずがない。

「学校がつ、ぶ、れるなんて、そんなこと、あるの？」

と、えり子は言った。

「さあ。――でも、ともかく、そう書いてあったっていうのよ」

と、古川圭子は言った。

「それじゃ……。ともかく行って、見てみましょう」

えり子は、サンダルをつっかけて、外へ出た。小学校は、歩いて五分のところだ。すぐ近くである。

「どうしたの？」

と、幸子が出てくる。

「いいから、幸子は家にいなさい」

と、えり子が言った。

幸子は、なんだかわけが分からなかった。早く行かないと遅刻《ちこく》だと言っておいて、こんどは家にいろ、だって。

「どうなってんの？」

と、首をかしげて、母と古川圭子が出ていくのを見送っていた。

すると、すぐにヒョイと武の顔があらわれた。二人は仲がいい。

「あら、武君。どうしたの？　武君のお母さん、なんて言いにきたの？」

「なんだ、きいてなかったのか」

「だって……」

「学校がつぶれちゃったんだって」

幸子は、ちょっとポカンとしていたが、やがて言った。

「じゃ、もう行かなくていいのかな」

まずそう考えるのが、ふつうの生徒だろう。

ところで、学校へかけつけてきた、えり子と古川圭子は、校門の前に、母親や子どもたちが何十人も集まっているのを見て、びっくりした。みんな、もう知っているのだ。

近くへ行って、少し人をかき分け、閉《と》じた門にはってある紙を見た。——確《たし》かに、学校が倒産《とうさん》したので、当分は授業《じゅぎょう》がない、と書かれている。

集まった人たちは、みんな半信半疑《はんしんはんぎ》という様子だったが、しかし、笑いとばす人が一人もいなかった。というのは、このところ、不景気で、あちこちで会社がつぶれたという話を、よく耳にしているからだろう。

こんなに年じゅう、会社がつぶれてるんだもの、学校だって一つぐらいつぶれるかもしれないよ……。

みんな、そう思っているらしかった。

「それにしても……困《こま》ったわねえ」

「ほんとうにねえ」

と、顔を見合わせている。

「——ともかくなんとかしなきゃ」

と、古川圭子が言った。

「ええ、そうね」

と、えり子はうなずいたけれど、といって、どうしていいのか分からない。

「ともかく、先生のお宅《たく》へ行ってみましょうよ」

と、古川圭子が言った。

「そうね！　それがいいわ」

と、二人は歩きだした。

話をききつけたのだろう、顔を知っている母親たちが、つぎつぎにかけつけてくる。

「ほんとう？」

「ほんとうよ」

という、短いやりとりがあって、

「まあ、たいへん！」

と、またかけだしていく。

「――それにしても、こんなの初耳だわ」

と、古川圭子が言った。

「そうねえ」

まあ、学校なんだから、つぶれても、どこかが助けてくれるだろう。

「ほんとうに困《こま》るわ」

と、古川圭子が言った。「今日は健康診断《しんだん》だっていうから、せっかく新しい下着を買ってきて、着せておいたのに!」

「あら、体力測定《そくてい》でしょ」

と、えり子は言った。

「体力測定《そくてい》?」

「そうよ。走ったり、ボール投げたりするんだって、うちの幸子、はりきってたわ」

「あら。変ねえ。じゃ、武、かんちがいしてるんだわ」

と、古川圭子は顔をしかめた。「後でよくきいてみなきゃ」

学校がつぶれたっていうのに、それどころじゃあるまい、と思うと、えり子はおかしくなってしまった。

「──あら、先生よ」

古川圭子が足を止めた。

「やあ、おはようございます!」

幸子たちの担任《たんにん》の、大井《おおい》先生が、いつもと同じ背広《せびろ》で(これ一つしか持ってないのだ、とみんな言っていた)のんびりとやってきた。

「先生! どうなってるんですの?」

と、古川圭子がきくと、

「何がです?」

大井先生は目をパチクリさせた。

「学校、つぶれたって、ほんとうですか?」

大井先生は、それをきいて、目を丸くした。

「なんですって?」

どうやら、先生も初耳だったようである。

2

「そうですか、いや……」

大井先生、ウーンと考えこんでしまった。

「——どうなってんの？」

幸子は表に出て、のびをした。

「知らないよ。公園にでも行ってみようよ」

と、武が言った。

「そうね」

大井先生が、幸子の家に上がりこんでいるのだ。幸子としても、少々居《い》づらいのである。

家の向かい側にある公園で、幸子と武はブランコをゆらしたり、ジャングルジムに登ったりしていた。

「——ほんとうかなあ」

と、幸子が言った。

「何が？」

「学校、つぶれたのかしら？」

「まさか。つぶれるわけないよ」

と、武は言った。

幸子はちょっとおどろいた。

「だって、先生まで——」

「誰《だれ》かがいたずらしたんだ。決まってるよ」

幸子がブランコからおりると、言った。

「武君、何か知ってるの？」

「まあね」

武は、ジャングルジムの上に立って、バランスをとっている。

「誰《だれ》がやったか、知ってるの？」

「そこまで知らないよ」

「それじゃ……」

「でもさ、ぼくは当番で早く行っただろ」

「うん」

「そして、校門のところまで来たんだ。ずいぶん早かったんだぜ。そのときは、あのはり紙なんか、なかった」

「ほんとうなの？」

「ああ。でも、そこで忘《わす》れ物《もの》したのを思い出して、家へもどったんだ」

「それで？」

「でもさ、家の近くまで来てから、その忘《わす》れ物《もの》、学校に置きっぱなしだったの、思い出した」

「のんきねえ！」

と、幸子は笑った。

「笑うなよ。それでまた学校へ行った。そしたら、あのはり紙があったんだ」

「へえ。じゃ、武君が家へもどってる間に、誰《だれ》かがはったの？」

「そうさ。変だろ？　ほんとうに学校つぶれたんだったら、あんな時間にはりにくるわけないよ」

「そりゃそうね」

幸子も同感だった。「じゃ、誰《だれ》があんなことしたの？」

「なんとなく分かるような気がするけど」

と、武が言った。

「ほんとう？」

「あんな時間に、学校に来るやつ、そんなにいないよ。それに、いつもおそいやつが早く来たら、変だと思われるだろう」

「そうか……」

幸子は考えこんでいたが、「――そうか！」

こんどの「そうか」は、何かが分かった、という「そうか」だった。

「当番の中の誰《だれ》かだわ」

「ぼくもそう思う」

「今週の当番、誰《だれ》と誰《だれ》？」

「ぼくのほかに、明《あきら》と京子《きょうこ》さ」

「明君と京子さんか」

と、幸子は考えながら、「それに、武君も容疑者《ようぎしゃ》ね」

と、武を見た。

「おい！　変なこと言うなよ。ぼくがやったんなら、こんなこと言いだすわけないじゃないか」

「冗談《じょうだん》よ」

と、幸子はすまして言った。

幸子は推理《すいり》小説が好きで、名探偵《めいたんてい》にあこがれているのだ。——これは、探偵《たんてい》の腕《うで》を見せる願ってもないチャンスだった。

「ねえ、どうせ、今日は学校大さわぎでしょ？」

「たぶんね」

「じゃ、わたしたちで、誰《だれ》がやったのか、調べてみない？」

「そう言うと思ったんだ」

と、武が笑った。

「いやなの？」

「いいや。もちろんいっしょに手伝うよ！」

武はジャングルジムの上から、ピョンととびおりてきた。

「あぶないわよ！」

「平気さ。これくらい」

武はポンと、幸子の肩《かた》をたたいた。

「じゃ、二人の家へ行ってみようよ」

「え？　じゃ、京子ちゃん、帰ってないんですか？」

と、幸子は、びっくりして言った。

「そうなのよ」

玄関《げんかん》に出てきた、京子の母親は、心配そうな顔で言った。「さっき、学校が閉《し》まってるって、おとなりからきいてね、学校まで行ってみたんだけど、京子、いないのよ」

「そうですか」

「もし見つけたら、帰るように言ってちょうだい。わたしも心当たりはさがしてみたんだけど」

「分かりました」

と、幸子は言った。

京子の家を後にして、歩きながら、

「京子、どこへ行っちゃったのかな」

と、武が言った。

「うん……」

と、幸子が考えている。「もしかすると……」

「え？」

「もしかすると――あそこかな」

「あそこ、って？」

「いっしょに来て！」

と、幸子はかけだした。

武はあわてて追いかけた。なにしろ、幸子はすごく足が速いのだ。

幸子たちがやってきたのは、学校の裏《うら》にある、あき地だった。そのうち、ここにも学校の建物ができるはずだが、今は草がのびっぱなしになっている。

「――やっぱり」

と、幸子が言った。

あき地のまん中に、材木が積みあげてある。その上に、チョコンとすわっているのは、京子だった。

「――京子！　何してるのよ、こんなところで」

と、幸子が声をかけると、京子は、

「見つかっちゃった」

と、舌《した》を出した。

「どうしたの？」

「いやなの、学校行くの」

と、京子は、ひざをかかえこむようにして、

「今日は体力測定《そくてい》でしょ」

と言った。

「あ、そうか」

と、幸子は言った。

活発な幸子とちがって、おとなしい京子は少々体も弱いので、運動は苦手だった。走るのもおそいし、ボールを投げても遠くまでいかない。すぐ目の前に、ポトンと落ちてしまう。

「みんな笑うんだもの」

と、京子は、つまらなそうに言った。「やりたくないの」

「いいじゃないか」

と、武が言った。「そのかわり、勉強できるんだもん。そんなに、なんでもうまいやつなんて、気持ち悪いよ。なあ？」

と、幸子のほうを見る。

「そうよ。わたしだって、走るのは速いけど、泳ぐの苦手だし。みんな、得意なものと苦手なものがあるのよ。それでいいじゃない」

「うん……」

京子は、しぶしぶ立ちあがって、

「もう始まった？」

ときいた。

「なんだ、知らないの？」

と、幸子は言った。「学校、つぶれた、って大さわぎよ」

「ええ？」

と、京子は目をパチクリさせた。

3

「京子は知らないのかしら」

と、幸子は言った。

「うん。どうかなあ」

と、武が腕《うで》を組む。「――知らないふりしてるのかもしれないよ」

「そうね」

二人は、もう一人の当番、明のところへ行くところだった。

「おーい！　どこ行くんだ！」

と、向こうから、当の明がやってくる。

体が大きいので、見たところ中学生ぐらいに思える。

転校してきたのが、ほんの一か月くらい前なのだが、ともかく元気で陽気な性格《せいかく》なので、たちまちクラスの人気者になってしまった。なんだか幸子も、もう何年も明と同じクラスだったような気がするくらいだ。

「おい、明」

と、武が言った。「学校のはり紙、見たかい？」

「うん、もちろんさ」

と、明は言った。「だって、当番だもの、あたりまえじゃないか」

「うん、まあね……」

と、武は言った。

「残念だなあ」

と、明はウーンと体をのばして、「せっかく体力測定《そくてい》ではりきってたのに」

「――あのはり紙したの、誰《だれ》だか知ってる？」

と、幸子はきいた。

「いいや、ぼくが行ったときは、もうはってあったよ」

と、明が言った。「でも、あんなのはるの、きっと校長先生か誰《だれ》かじゃないの」

「そうじゃないと思うんだよな」

と、武は言った。

「へえ。どうしてだい？」

武が返事しないうちに、

「武！」

と、声がした。

古川圭子が走ってくる。

「どうしたの？」

「早く学校へ行くのよ！　あのはり紙はでたらめだったんですって」

と、古川圭子はハアハア息を切らしながら言った。

「校長先生に大目玉をくらったよ」

と、大井先生は苦笑いしながら言った。

「ちょっと考えてみれば、そんなバカな話があるはずがないと分かるだろう、ってわけだ」

先生の机《つくえ》の前に、武と京子と明が立っている。といって、別におこられているわけじゃないのだ。

三人のためにも、それは言っておかなくてはならない。

「今週の当番は、うちのクラスだからな」

と、大井先生は言った。「あんないたずらをしたのは誰《だれ》なのか、うちのクラスで調べろってわけだ」

それならやってますよ、と言いかけて、武はあわてて口をつぐんだ。やったのが誰《だれ》か、分かってもいないのに、そんな口はきけない。

「どうだ、きいてないのか」

と、大井先生は三人の顔を順番に見た。

三人とも、顔を見合わせるばかりで、何も言わない。――大井先生はため息をついて、

「よし。何かきいたら、知らせるんだぞ」

と言った。

三人が行ってしまうと、少しして、幸子がやってきた。

「――なんだ、小林か。どうした?」

「ちょっとお話があるんですけど」

「言ってみろ」

「校門にはってあった紙ですけど、見せてもらえますか？」

「ああ、いいよ」

大井先生は、引き出しから、そのはり紙を出して見せた。

幸子は、それをじっと見ていたが、

「――やっぱりそうだわ」

と言った。

「なんだ、字に見おぼえがあるのか？」

「いいえ、ありません」

「それじゃ……」

「ないから、分かるんです」

幸子のことばに、大井先生は首をひねった。

「どういうことだ?」

「ずっといっしょだった子なら、字を見れば分かります。そうじゃないっていうことは、まだ、そんなに字を見なれていないっていうことです」

「つまり……」

「これをはったの、明君だと思います」

と、幸子は言った。

「どうして、そんなことを――」

「体力測定《そくてい》がいやだったんです」

幸子は、武と二人で話し合ったことを、先生に説明した。

「なるほど。しかし、京子もいやがっていたんだろう?」

「ええ」

と、幸子は言った。「でも、京子さんのばあいは、運動が苦手なのは、みんな知っています。それより、明君みたいに、人気者で、それでいて、みんなの前で体力測定《そくてい》をやったことのない人のほうが、いやだと思うんです。だから、明君……」

「そうか。――よし、もう一度呼《よ》んでみよう」

明は、すぐに白状《はくじょう》した。

「すみません」

と小さくなっている(もっとも、大きい体をしているので、あまり小さくなれないが)。

「なあ、いいか」

と、大井先生は言った。「なんでも、自分が気にしてるほどには、ほかの人は気にしないものなんだ。走るのがおそくたって、ボールが遠くへとばなくたって、どうってことないじゃないか!」

明は、顔を赤くして、

「はい!」

と、力を入れて答えた。

「この犯人《はんにん》は――」

先生は、はり紙をとりだして、「結局、分からなかったことにしよう」

と言った。

話をきいて、武は、

「よかったな」

と言った。「明っていいやつだよ」

「そうよね。――先生にも分かってるんだわ」

「でもさ、幸子、ぼくのことはうたがわなかったのか？」

「うたがったわよ。やった当人だから、わざとあんなこと言いだしたかもしれないものね。でも、お母さんが言ってたわ」

「何を？」

「武君、今日は健康診断《しんだん》だと思ってた、ってね！」

拾った悲鳴

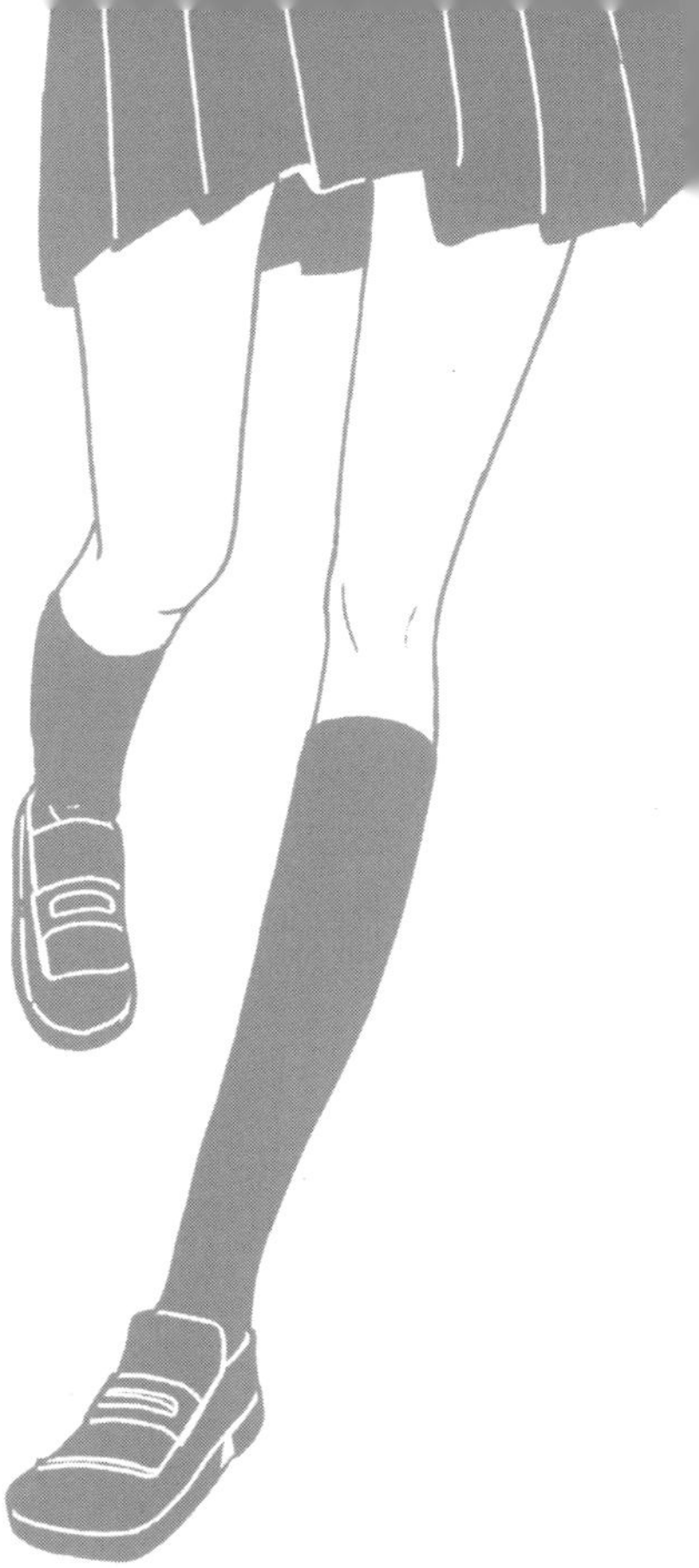

1

それは、どこからか飛んで来たというよりは、初めから、空中にフワフワと浮《うか》んでいたように見えた。

あ……。ルミの机《つくえ》は窓際《まどぎわ》にあったから、ルミがそれに気付いたのは、不思議でも何でもない。

その紙飛行機は、ほとんど風もないのに、フワリフワリと漂《ただよ》って、一向に落ちる気配を見せなかった。時々、アイススケートの上手な子のように、スッ、スッと右へ左へ、滑《すべ》って行くのだが、高さはほとんど変らなくて、一体いつになったら落ちるのかしら、と気になった。

いくら授業《じゅぎょう》中だからといって、まだやっと十一歳《さい》の小学五年生が、ふと目を止めた紙飛行機から目を離《はな》せなくなったとしても無理もない。しかも、授業《じゅぎょう》はルミには苦手な理科だった……。

――ルミの通っている小学校も、昔は周囲にあまり家もなくて、校舎《こうしゃ》も木造《もくぞう》の二階建だったそうだ。ルミのママはずっと昔からこの辺に住んでいたので、よく知っているのである。

でも今は――ルミの席のすぐわきの窓《まど》は四階の窓《まど》で、窓《まど》から見えるのは、十四階建の大きなマンションの、ズラリと並《なら》んだテラスと窓《まど》と、レンガ色の壁《かべ》ばかりなのだ……。

もちろん、四階建の校舎《こうしゃ》とマンションとがそんなにピッタリくっついているわけじゃなくて、その間には、小さな体育館もあるし、学校の裏門《うらもん》と、その表の通りもある。

でも、じっと見ていると、マンションとの間がまるで手を伸《の》ばしたら届《とど》きそうなくらいに近く思えることもあるのだった。

もっとも、そんなこと考えるのはルミぐらいかもしれなかった。クラスでも、他の子は、じっと窓《まど》から外を眺《なが》めて、空間が広がっては、また狭《せま》くなるのを、面白《おもしろ》がったりしないからだ。

で——今、その紙飛行機は、マンションと校舎《こうしゃ》の間の空間をさまよって、どっちへ行くのが面白《おもしろ》いかな、と迷《まよ》っている子供《こども》みたいに、フラフラしてるのだった。

すると、急に紙飛行機が傾《かたむ》いたと思うと——ヒュッと空を切る音がして、それはルミのそばの窓《まど》から飛《と》び込《こ》んで来た。そして、持主同様に退屈《たいくつ》そうに開いている教科書の、ちょうど折り返した所へ、ストッ、とその尖《とが》ったくちばしを突《つ》っ込《こ》んだのだった。

「岡村《おかむら》さん」

と、名前を呼《よ》ばれて（ルミは、正しくは岡村ルミ子《こ》、というのだ）、パッと教科書を閉《と》じる。

紙飛行機は、その中でペチャンコになった。

「何をしてるの？」

小林《こばやし》先生が、イライラした調子で訊《き》く。ちょうどルミのママと同じくらいの年齢《ねんれい》の女の先生だが、何だかいつも疲《つか》れてるようで、ママよりはずっと老《ふ》けて見えた。

「何も」

と、ルミは言った。

見付かれば、紙飛行機は取り上げられるに違《ちが》いないからだ。小林先生は、おとなしくさえしていれば、授業《じゅぎょう》中に生徒が何か他のことをしていても、あまり怒《おこ》らない。でも、そっと手紙のやりとりをしたりしているのを見付かると、凄《すご》く怖《こわ》いのである。

「すみません」

ルミは急いで開いた。もちろん、紙飛行機の挟《はさ》まっているのとは別のページを。

「風で、めくれちゃったんです」

と、ルミは言《い》い訳《わけ》をした。

風なんかほとんどなかったのだが、先生は大して気にもしていない様子で、

「そう」

と言っただけだった……。

〈助けて！　とじこめられています。このままじゃ、死んでしまいます〉

——ルミは困《こま》ってしまった。

こんな手紙を拾ったとして、どうしたらいいか、判断《はんだん》をつけるにはルミは少々子供《こども》すぎた。

結局、ルミとしては一番確《たし》かな道——ママに相談する、という道を選んだ。

「ねえ、ママ……」

ルミの言葉に、ママはあまり熱心に耳を傾《かたむ》けたとは言えなかった。ちょうどママがいつも見ているTVドラマの最中だったのも、まずかったようだ。

「手紙って、どうしたの？」

「これ」

ルミが、紙飛行機を広げたのを渡《わた》しても、ママは、チラッと眺《なが》めただけで、

「いたずらよ、誰《だれ》かの」

と言った。「子供《こども》の字でしょ、それに」

そう。確《たし》かに字は大きかったり小さかったりで、ルミから見ても、あまり上手とは

言えなかった（ルミも、あまり字が上手だとほめられたことはない）。だけど、子供《こども》の字だからって、この手紙がいたずらだってことにはならないんじゃないか。——ルミの考えは、とても論理的《ろんりてき》だった。

でも、もうママの目はTVの方へ向いていた。CMが終って、ドラマの続きが始まっていたからだ。

こうなったら、何を言ってもだめ。——ルミも、それほど豊《ゆた》かでない経験《けいけん》から、そう分っていた。

結局、諦《あきら》めて手紙を折りたたむと、ルミは自分の部屋へ戻《もど》った。一人っ子のルミは、もう二年生の時から、自分の部屋を持っていたのだ。

机《つくえ》の上で、ルミはもう一度その手紙を広げてみた。——もし、誰《だれ》かが本当にとじこめられているんだったら……。

助けてあげなかったら、死んでしまうかもしれないんだ。でも——。

ルミに何ができるだろう？

2

「あった！」

ルミは、思わず声を上げた。

体育館のわきに、花壇《かだん》がある。あんまりお花のない、寂《さび》しい花壇《かだん》で、手入れもしていないらしくて、雑草《ざっそう》が一杯《いっぱい》のびていた。

その中に、何だか白いものがチラッと見えたので、ルミは思い切って、花壇《かだん》の中へ入って行ったのだった。本当は、花壇《かだん》の中に入っちゃいけないことになっている。

でも、今日は日曜日だから先生もいないし……。思い切って入ってみたかいはあった。

その白く思えたものは、大分汚《よご》れた紙飛行機で、それを広げると、あの同じ文字で、

〈助けて。ここから出して！〉

と書いてあったからだ。

これはいたずらなんかじゃない。ルミはそう信じた。

だって、いたずらだったら、こんなにいくつも飛ばしたりするだろうか？

ルミの手の中には、あちこち捜《さが》し回《まわ》って見付けた、同じような紙飛行機が、四つもあった。見付けられなかったのもあるだろうから、ずいぶん沢山《たくさん》飛ばしているのだ。

ルミは、この紙飛行機を、全部、学校と、隣《となり》のマンションの間で見付けた。――ルミは特別頭のいい子じゃないが、それでも分っていた。

これは、マンションのどこかから飛んで来たのだ。でも――どこから？

ルミは、マンションを見上げた。

十四階建。しかも、その高さより、幅《はば》の方がずっとあるのだ。一体何軒《なんけん》の家が入っているのか、ルミなどには見当もつかない。

あの中のどこかだとしても、とても訊《き》いて回るわけにはいかないだろう。

ルミは、いささか途方《とほう》にくれて、マンションを見上げていた。

「岡村さん」

と、呼《よ》ぶ声がして、ルミはハッとした。

小林先生だった。休みなのに！　何か用事で出て来ていたのだろう。

ルミは、まだ花壇《かだん》の中に立っていた。あわてて、外へ出る。

「すみません！」

「いいのよ」

日曜日のせいか、小林先生はニコニコ笑っていて、少しも怒《おこ》らなかった。「その花壇《かだん》もねえ、お花がちっとも植えてないんだもの。上から見てもつまらないわね。

——何を持ってるの？」

「え——あの、紙飛行機です。落ちてたから」

「この間、授業《じゅぎょう》中に飛《と》び込《こ》んで来たのと同じ？」

先生、知ってたんだ！　ルミはちょっと汗《あせ》をかいた。

「なあに、何か書いてあるの？」

と、先生は、それに目を止めて訊《き》いた。

「そうなんです」

ルミは、先生が怒《おこ》らないので、少し安心して、手にしていた紙飛行機を広げて、渡《わた》した。

「――まあ、これは大変ね」

先生は、一枚《いちまい》ずつめくってみて、真剣《しんけん》な顔で言った。

ルミはホッとした。先生もママみたいに、ただのいたずらよ、と言うのじゃないか、心配だったからだ。

「きっと、ここから飛んで来たと思うんです」

ルミはマンションを指さした。

「そうね、きっと。――でも、どの部屋から飛んで来たか、とても分らないわね」

「そうなんです」

小林先生は、ちょっと考えていたが、

「これ、私《わたし》が預《あず》かってもいい？」

と言い出した。「このマンションに住んでる人も、少しは知ってるし、私《わたし》、訊《き》いてみてあげるわ」

「わあ、先生、本当？」

「本当よ。約束するわ」

と、小林先生は肯《うなず》いた。

「じゃ――お願いします」

と、ルミは言った。

ルミは、先生に対しては、とても礼儀正《れいぎただ》しい子だったのだ。


ルミが、あの紙飛行機の手紙を小林先生に預《あず》けてから、一週間たち、二週間が過《す》ぎた。ルミも、色々忙《いそが》しかったし（子供《こども》の生活って、大人とは違《ちが》った意味で忙《いそが》しいのだ）、時にはすっかりそんなこと忘《わす》れてしまうこともあったのだが、ともかく、いやでも窓《まど》の外を見れば、あのマンションが目に入るのだから、その都度、思い出してしまうのだった。

その日、小林先生は、急に席替《せきが》えをする、と言い出した。

みんなびっくりした。席替《せきが》えは、一学期ごと、と決っていて、小林先生は、いつも決めたことはめったに変えない人だったからだ。

先生の話では、

「目が悪くて、黒板の字がよく見えない人がいるから」

ということだったが、ルミはなぜか、窓《まど》とは反対の側の端《はし》の列に移《うつ》されてしまった。

ルミはつまらなかった。

「――先生」

お昼休み、ルミは、職員室《しょくいんしつ》の小林先生の所へ行ってみた。

「岡村さん、どうしたの?」

と、小林先生は、お昼のおそばを食べながら訊《き》いた。

「あの――この前のこと、何か分ったんですか」

「この前のことって?」

「あの紙飛行機の手紙のことです」

先生は、ちょっと考えていたが、

「よく分らないわ。何の話？」

やだ、先生！　忘《わす》れちゃってる！

ルミは腹《はら》が立ったが、あの日曜日のことを、先生に話してあげた。先生が、調べてくれる、と約束してくれたことも。でも、

「岡村さん、あなた夢《ゆめ》でも見たんじゃない？」

というのが、先生の答えだった。「私《わたし》、日曜日に学校へ来たりしないし、大体、あなただって、本当は休みの日に学校の中へ入っちゃいけないはずでしょう」

「だけど、先生――」

ルミは、信じられなかった。まさか先生がそんなことを言うとは思わなかったのだ。

「いいわ。今日の話は、何も聞かなかったことにしてあげる。もう、そんな作り話で先生を困《こま》らせないで」

「作り話じゃないもん！　先生、約束してくれたじゃない」

「岡村さん。教室へ戻《もど》りなさい」

先生の言い方は、厳《きび》しかった。

――ルミは教室へ戻《もど》りながら、ギュッと手を固く握《にぎ》りしめていた。悔《くや》しくて、涙《なみだ》が出そうだ。

先生の嘘《うそ》つき！　大声でそう叫《さけ》びたいのを何とかこらえていた……。

そしてその日、家に帰ったルミは、ママが珍《めずら》しく怖《こわ》い顔で、

「ルミ、ちょっといらっしゃい」

と手招《てまね》きするのを見て、なぜかピンと来た。

何を言われるのか、見当がついたのだ。

「ルミ。――小林先生からお電話があったのよ」

やっぱりそうだったんだ。

「ルミ、あなたがよく色んなことをぼんやり考えたり、お話を作ったりしているのは、

ママも知ってるわ。でもね、本当のことと、作ったお話とがごっちゃになって、分らなくなるなんて……。ママ、心配よ。ルミももう五年生なんだから。来年は最上級生なんだから、もう少し大人になってくれないと……」

ママの言葉も、ルミの耳のわきを、流れて行くだけだった。――ママも、私《わたし》のことを信じてくれてない。

その思いだけが、ルミの頭の中をぐるぐると駆《か》けめぐっていた。

3

学校の帰り、ルミは、裏門《うらもん》から出ると隣《となり》のマンションに入ってみた。

もちろん、エレベーターや、名札がズラッと並《なら》んでいるのを見ていたって、何も分りゃしないのだけど……。でも、来ないではいられなかったのだ。

ルミが、ぶらぶらと、マンションの中庭の方へ出ようとしていると、エレベーターの扉《とびら》が開いて、誰《だれ》かが下りて来た。その人はルミのことには全然気付かず、反対の方向へ歩いて行ってしまったが、ルミは、ポカンとして、その後姿《うしろすがた》を見送っていた。

「小林先生……」

先生がこのマンションに？

まさか、と思ったけど、でも、先生がどこに住んでいるか、ルミは知っているわけではない。

もし――もし、あの紙飛行機が、先生の家から飛んで来たのだったら……。

ルミは、住んでいる人の名札が、ズラッと並《なら》んだパネルを、ずっと見て行った。

〈小林〉というのが二つあった。でも一つは二階で、そんな下の方から、あの紙飛行機を飛ばしたはずがない。もう一つは十二階。

きっと、これだ！

ルミは、考える間もなく、エレベーターに乗って、十二階のボタンを押《お》していた。

――ズラッと並《なら》んだドア。こんなに大勢《おおぜい》人が住んでいるのに、誰《だれ》も廊下《ろうか》には出ていない。

ルミは、廊下《ろうか》を半分ほど歩いて行って、〈小林〉という表札の出たドアを見付けた。見付けたけど……でも、どうしたらいいだろう？　もし、ここに誰《だれ》かが閉《と》じこめられているとしても、もちろんドアには鍵《かぎ》がかかっているし……。

ルミは、ほとんど自分でも気が付かない内に、ドアのノブをつかんでいた。ドアは開いた。

ひどく暗い部屋だった。――それに、風通しも悪いのか、じめじめして、ちょっと入るのをためらうくらいだった。

どうしてこんなに暗いんだろう？　明りを点《つ》けないのかしら？

「誰《だれ》か――いますか」

と、ルミは声をかけたけど、小さな声しか出なかった。

昼間から、こんなに部屋の中を暗くしてるなんて。――やっぱり、誰《だれ》かがとじこめられてるんだ。

ルミは、靴《くつ》をぬいで、上った。

どの部屋も、カーテンが引かれて、暗い。

奥《おく》の部屋のドアを開けたルミは、何かがその奥《おく》でガサッと動く音を耳にして、声を上げそうになった。

「――誰《だれ》かいるの？」

と、ルミは言った。

「窓《まど》をあけて」

と、子供《こども》らしい声がした。

ルミは、手探《てさぐ》りで歩いて行くと、カーテンを開けた。部屋が明るくなると、ベッドと、そこに横になっている、青白い少年が目に入った。

年齢《ねんれい》はルミと同じくらいだろう。でも、ちょっとびっくりするくらい、やせて、青白い。

「――紙飛行機、飛ばしたの、あなた？」

と、ルミは訊《き》いた。

「うん。――見てくれたんだね」

と、その男の子は、嬉《うれ》しそうに言った。

「ここに――とじこめられてるの？」

「そうなんだ。でも、君が来てくれて、助かった」

と、男の子は言った。「足が弱ってて、立てないんだ。手を貸《か》してくれる？」

「ええ……」

「その前に窓《まど》を開けて。――外の空気、吸《す》いたいんだ」

ルミは、窓《まど》を一杯《いっぱい》に開け放った。

「窓《まど》の所まで連れてってくれるかい？」

「いいわよ」

ルミは、ランドセルを放り出して、その男の子に肩《かた》をかして立たせてやった。――

本当に足も細くて、今にも折れてしまいそうだ。

「窓《まど》の所まで……。うん、そう」

男の子だから、いくらやせていても、結構《けっこう》重たかったが、それでも、ルミは、窓《まど》の所までその子を連れて行った。

「ありがとう……。いいなあ、外の空気って……」

男の子は、窓《まど》の手すりにつかまって、何度も息をついた。そして――ルミの方を向くと、もう一度、

「ありがとう」

と言った。

「ねえ――」

と言いかけたルミは、男の子が、手すりからぐっと身を乗り出すのを見て、びっくりした。「危《あぶ》ないよ！　落ちちゃう！」

ルミは男の子をつかまえた。

「離《はな》して！　君も落ちるよ！」

男の子が叫《さけ》んだ。

「だめ！　だめ！——落ちたら、死んじゃう！」

ルミも夢中《むちゅう》だった。必死で男の子の体を、引《ひ》き戻《もど》そうとした。

どれくらい争っていただろう。急に、男の子が、手すりをつかむ力を緩《ゆる》めたのか、
二人とも部屋の中へ転がるようにして倒《たお》れた。

ルミは今になって、ガタガタ震《ふる》えながら、汗《あせ》がどっとふき出して来るのが分った。

もうちょっとで、十二階下の地面に、落ちるところだったんだ。——ルミは泣き出した。

「ごめんよ……」

男の子が、顔を上げて言った。「ごめんよ。——もうしないから」

ルミは涙《なみだ》を拭《ぬぐ》った。

「本当に？」

「うん」

「じゃ——許《ゆる》してあげる」

ルミは、手の甲《こう》で涙《なみだ》を拭《ぬぐ》った。

ふと気が付くと、小林先生が、部屋の入口に立っていた。男の子が、先生の方を見て言った。

「ママ。――もう僕《ぼく》、飛び下りないよ」

ママ？　じゃ、この子は、小林先生の……。

ルミがびっくりしたのは、それよりも、先生が急にその場に伏《ふ》せて、ワーッと泣き出したことだった……。

「小林先生がね、ルミちゃんによろしくって」

と、ママが言った。

「あの子――病気だったの？」

と、晩《ばん》ご飯《はん》を食べながら、ルミは訊《き》いた。

「そう。でも、体の病気じゃなくて心の病気でね、すぐ飛び下りて死のうとするから、先生は、お仕事に出てる間、あの子をとじこめておくしかなかったのよ」

「可哀《かわい》そうだね」

「でも、ルミが一生懸命《いっしょうけんめい》に止めたでしょう。だから、その子も、やっと、死んじゃいけないんだって考えるようになったんですって。——これから、ちゃんと病院へ入って、治療《ちりょう》すればよくなるらしいわ」

「良かったね！」

ルミはパクパクご飯を食べている。

もちろん、ルミには、あんまり複雑《ふくざつ》なことは分らなくて、たとえば、先生が、どうしてあの男の子を入院させずに、人目につかないように隠《かく》していたのか——それは、先生が「独身《どくしん》」だったことも関係してるんだけれど——ということも、考えなかった。

そして、なぜあの時、先生が、ドアの鍵《かぎ》をあけたままにして行ったのか、ということも……。

いつか、ルミが大きくなったら、話してあげよう、とママは思っていた。

まだルミには、理解《りかい》できないだろうから。いくら疲《つか》れたからといって、母親が、自分の子に死んでほしいと願ったりすることがあるなんていうことは。――わざとドアを開け、ルミが中へ入って行くことも承知《しょうち》していた先生は、しかし、やはりどうしても放っておけずに駆《か》け戻《もど》ったのだ。

ルミが必死で、男の子を助けるのを見て、先生の中で、何かパッと明るく光るものがあったのだろう。

――先生は、自分に子供《こども》がいて、今、病院に入っているんだということを、堂々と人に言えるようになった。

それも、ルミの力なのだ。――ママは、いささか得意だった。

「ねえママ」

と、ルミが言った。

「なあに?」

「先生、凄《すご》くきれいになったよ。若返《わかがえ》ったみたい。――恋人《こいびと》ができたんだと思うな。ママどう思う?」

「そうね。そうかもしれないわ」

ママは、何でもルミの言うことには賛成《さんせい》してやりたい気分になっていた。もしルミがそれを知ってたら、残念がっただろう。

お小づかいを上げて、と頼《たの》むんだった、って……。

自習時間

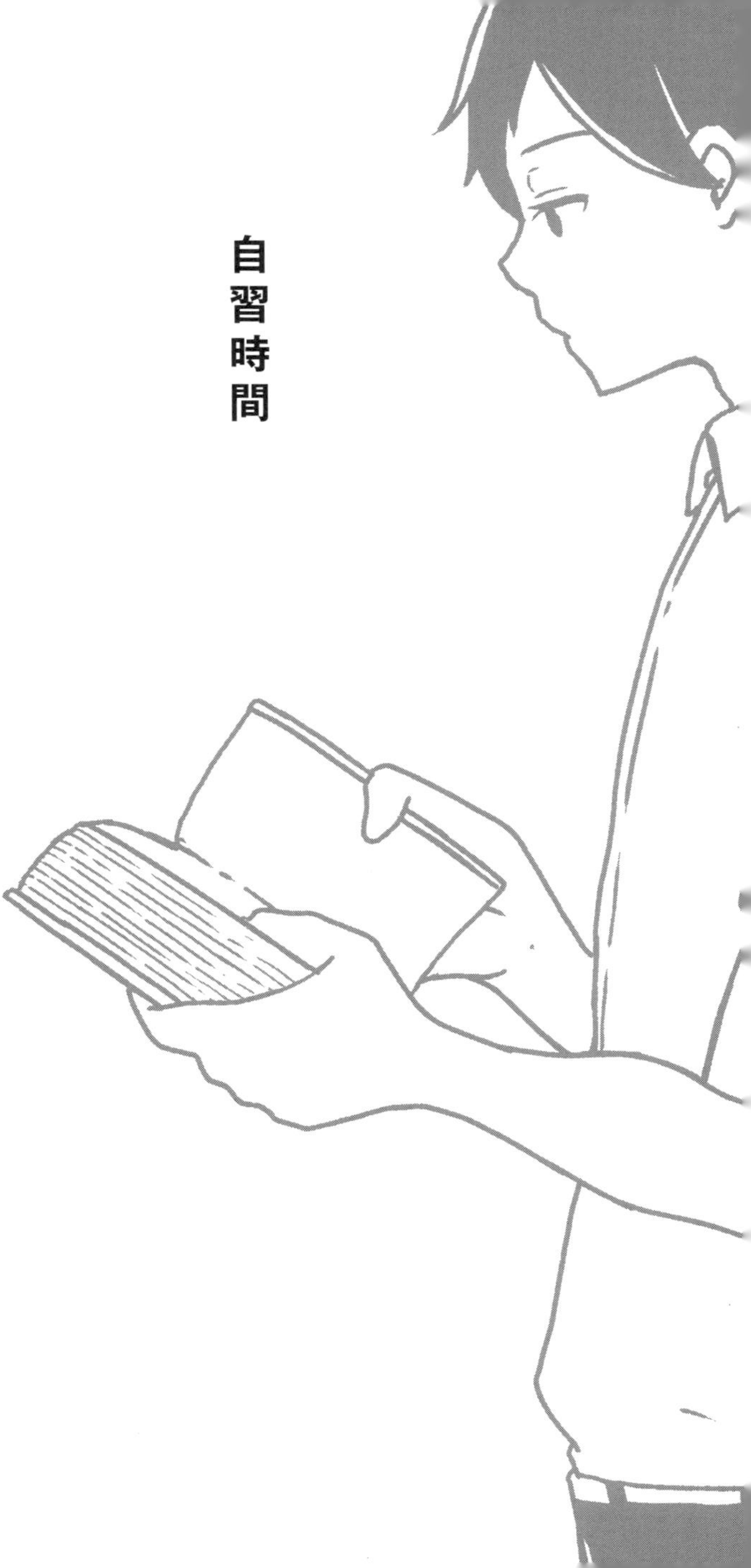

1

「チェッ、また赤信号だ！」

息を弾《はず》ませながら、雄一《ゆういち》は思わず舌打《したう》ちした。

こんなときに限《かぎ》って、やたら赤信号に出くわすんだからな、全く。

しかし、河田《かわた》雄一は、いつもきちんと信号を守らなきゃならないと考えているわけではない。ごく普通《ふつう》の中学二年生の少年らしく、赤信号だって、車が通ってなかったら——そして警官《けいかん》か先生が近くにいなかったら——遠慮《えんりょ》なく横断《おうだん》歩道を駆《か》けて渡《わた》ってしまう。

運動神経《しんけい》には自信があった。勉強の方には——あまりなかったけど。

しかし、いくら足の早い雄一だって、朝の、この国道だけは渡《わた》る気になれない。何しろ、十トンクラスのダンプカーが、次から次へと、よくまあこんなに沢山《たくさん》、世の中にはトラックがあるもんだ、と呆《あき》れてしまうくらい、重い土砂《どしゃ》を満載《まんさい》して走って行く。目の前をダンプカーが駆《か》け抜《ぬ》ける度《たび》に、足下《あしもと》の大地が震動《しんどう》する。だから、朝はひっきりなしに揺《ゆ》れていることになるのだ。

今、大地震《おおじしん》が来たって、きっとしばらくは分んないだろうな、と雄一は思った。

しかも、産業優先《ゆうせん》というわけか、信号は至《いた》って長く、一旦《いったん》赤になるとなかなか変らない。青の方は、急ぎ足で向うへ辿《たど》り着《つ》くとすぐ点滅《てんめつ》を始めるくらいに短いくせに。

ああ、やっと青だ。

雄一は、やはり苛々《いらいら》しながら待っていた大人たちから一人飛び出して、一気に横断《おうだん》歩道を駆《か》け抜《ぬ》けた。鞄《かばん》の中じゃ、弁当箱《べんとうばこ》が踊《おど》っている。

でも、いくら今から走ったって、もう遅《おそ》いのだってことは、雄一にも分っていた。始業時間を、たっぷり十分も過《す》ぎているのだから。

それでも学校へと雄一が必死で走っているのは、早く授業《じゅぎょう》に出たいから、ではもちろんなくて、急いで駆《か》けて来たというところを、先生に見せなくてはならないからだ。

顔を真赤《まっか》にして、ハアハア息を切らして教室へ入って行けば、皮肉かいやみの一つも言われ、頭をちょっとこづかれるかもしれないが、それで終り――廊下《ろうか》に立ったり、というヤバイことにはならずに済《す》むからである。

しかし、その手も、あまり度重《たびかさ》なると効果《こうか》がなくなる。そして雄一の場合は、「度《たび》重《かさ》なり」つつあった……。

でも、ともかく――雄一は校門を駆《か》け抜《ぬ》けて、目の前の校舎《こうしゃ》へと飛《と》び込《こ》んで行ったのである。

靴箱《くつばこ》の所で上ばきにかえていると、

「何だ、雄一、遅刻《ちこく》かよ」

同じクラスの治郎《じろう》がやって来る。

「あれ？　何してんだ？」

雄一は、治郎がサッカーボールを手にしているのを見て言った。一時間目は物理で、サッカーボールとは関係ないはずだ。

「サッカーやるんだよ」

と、学生服のままで、治郎はポンとサッカーボールをけり上げた。

「一時間目、物理だろ？」

と、雄一は訊《き》いた。「体育と入れかわったのか？」

いや、入れかわったって、学生服のままでサッカーをやるわけはない。

「一時間目、自習」

と、治郎が愉快《ゆかい》そうに言った。

「ええ？　本当かよ！」

雄一はガックリ来た。だったら、こんなに急いで来る必要はなかったのである。

物理の教師《きょうし》、村木《むらき》が、雄一の担任《たんにん》でもあったのだ。

「村木先生休みなんて、珍《めずら》しいなあ」

雄一が言うと、治郎は首を振《ふ》って、

「休みじゃないよ」

と言った。

「じゃあ——」

「何だか臨時《りんじ》の職員《しょくいん》会議だってさ。みんな自習らしいぜ」

「へえ」

珍《めずら》しいことだ。「何かあったのかな」

「知らねえ。ともかく、こっちは自習で、万歳《ばんざい》さ」

「そうと知ってりゃ、こんなに急いで走って来ることなかったな!」

雄一はフウッと息をついた。

「サッカーやるか?」

「ああ、当り前じゃないか! 鞄《かばん》置いたら、すぐ行くからな!」

雄一は、また急に元気になってドタドタと廊下《ろうか》を駆《か》けて行った。

雄一の学校は、未《いま》だに珍《めずら》しく木造《もくぞう》の古びた校舎《こうしゃ》のままだった。もっとも、ここ一、二年の内には建《た》て替《か》えられる予定になっていたので、雄一たちは、ほとんど最後の生徒たちになるわけである。

階段《かいだん》を駆《か》け上《のぼ》ると、雄一は、クラスの扉《とびら》をガラッと開けた。

教室には誰《だれ》も残っていなかった。自習といっても、何をやったっていい、ということなのだから、残って真面目に勉強する奴《やつ》なんかいるわけがない。いや――一人、いた。

教室へ入ったときには気が付かなかったのだが、雄一が自分の席に鞄《かばん》を置いて（正《せい》確《かく》にいうと投げ出して）、さて、早速《さっそく》運動場へ飛び出そう、と思ったとき、

「おはよう、河田君」

と呼《よ》びかけられたのである。

「ワッ！」

びっくりした雄一は一瞬《いっしゅん》飛び上った。「――お前かあ。どこにいたんだよ」

「ごめん。びっくりした？　机《つくえ》の下に落し物をしちゃったんで、潜《もぐ》り込《こ》んで捜《さが》してたの」

おかしそうに笑っているのは、沢野涼子《さわのりょうこ》だった。

雄一の方は、ちっともおかしくない。

「びっくりさせんなよな。お前、一人で勉強してたのか?」

雄一がそう訊《き》いたのは、別に深い意味があってのことではない。沢野涼子なら、一人でここに残って勉強していたって、少しもおかしくないからだ。

沢野涼子は、いつもクラスのトップだった。ライバルといえるほどの子もいないので、涼子がいつも一番というのは、いわば既定《きてい》の事実みたいなものだ。

当然、いつも下から数えた方がずっと早いのが既定《きてい》の事実である雄一にとっては、苦手な相手である。

といって、別に、涼子はそう「いやな奴《やつ》」ではなかった。「ガリ勉」でもないし、雄一のように成績《せいせき》の良くない生徒にも、別に軽蔑《けいべつ》の目を向けたりはしなかったからだ。

いや、成績《せいせき》に、あまりの落差さえなかったら、雄一だって涼子に少々惚《ほ》れたかもしれない。スラリと背《せ》も高くて、いかにも爽《さわ》やかな少女だったのだから。

「私《わたし》、人を待ってたの」

と、涼子が机《つくえ》の間を、雄一の方へやって来る。

「へえ。教室で待ち合せか。先生とデートでもすんのか?」

と、雄一はからかった。「じゃ、俺《おれ》、サッカーして来よう、っと!」

ダダッ、と駆《か》け出《だ》す雄一へ、

「河田君を待ってたのよ!」

と、沢野涼子が声をかけた。

雄一は、さらに二、三歩進んで、足を止めた。

「——俺《おれ》のこと、待ってたって?」

「そう」

「何だよ、一体? 俺《おれ》、お前に借金してたっけ?」

「そんなことで待ってたんじゃないわよ」

と、涼子は、少々ふくれて言った。

「じゃ、何だ? 急がないんだろ? 俺《おれ》、サッカーして来るからさ」

雄一は、また駆《か》け出《だ》して、教室の戸を開けようとした。

「河田君にとっちゃ、大切なことなんだけどなあ」

雄一は、戸に手をかけたまま、

「もったいぶんなよ！　何だっていうんだ？」

と、涼子の方を振《ふ》り返《かえ》った。

「知りたかったら――」

と、涼子は、ゆっくりと雄一の方へ歩いて来る。「サッカーは諦《あきら》めて、この自習時間、私《わたし》に付き合ってよ」

「ええ？」

「サッカーはいつだってできるでしょ？　でも、こんな機会、二度とないんだから」

雄一は、顔をしかめて、

「何だっていうんだよ？」

「ついて来りゃ分るわ」

「言ってみろよ」

「ついて来なきゃ、分らないの」

雄一は諦《あきら》めて、息をついた。

「分ったよ。――これでどうってことなかったら、ぶっ飛ばしてやるからな」

「どうぞ、どうぞ」

涼子は、平気なものである。「河田君にだけ、特別に教えてあげるんだからね」

「ありがたくって涙《なみだ》が出るよ」

と、雄一は言い返した。

「じゃ、行こう」

「どこへ?」

「黙《だま》ってついてらっしゃい」

涼子は、さっさと戸を開けると、廊下《ろうか》へ出て、どんどん歩いて行ってしまう。

雄一は、あわてて涼子の後を追って行った。

2

「職員室《しょくいんしつ》に何の用だ？」

と、雄一は言った。

「入りにくい？」

そりゃまあ、職員室《しょくいんしつ》に入るのが大好き、という生徒の方が珍《めずら》しいに決っている。

特に雄一のように、大して成績《せいせき》の良くない者には、喜んで足を踏《ふ》み入《い》れたくなる場所ではない。

「平気さ」

涼子の手前、雄一は、ちょっと肩《かた》をすくめて見せただけだった。

「でも、心配することないわ」

と、涼子は愉快《ゆかい》そうに言った。「今はここ、空っぽよ」

「空っぽ？」

「そう。――ほらね」

ガラッと、職員室《しょくいんしつ》の戸を開ける。――確《たし》かに、今、職員室《しょくいんしつ》は空っぽだった。

「へえ、どうしたんだろうな」

と、雄一は中を見回して言った。

そういえば、治郎の奴《やつ》が、臨時《りんじ》の職員《しょくいん》会議だとか言ってたな。

「何かあったのかな」

「ともかく、入りましょう。突《つ》っ立《た》ってたって、仕方ないわ」

「こんな所に入って、どうするんだ？」

と、雄一は訊《き》いた。

「いいから、戸を閉《し》めて、いらっしゃい」

涼子が、職員室《しょくいんしつ》の奥《おく》の方へと歩いて行く。仕方なく、雄一もその後について行った。

「――なあ、何しに来たんだ、こんな所にさ？」

涼子は、答えずに、奥《おく》の大きなキャビネの所まで行くと、鍵《かぎ》のかかった引出しを、トントン、と指で叩《たた》いた。

「ここに、何が入ってるか、知ってる?」

と、雄一の方を見る。

「知らないよ。お前、知ってるのか?」

「うん」

と、涼子は肯《うなず》いた。「全員の成績《せいせき》」

「ええ?」

雄一はドキッとした。「お前、どうしてそんなこと――」

そう言いかけて、口をつぐんでしまったのは、涼子が、どこやらの机《つくえ》の引出しを開けて、中をかき回し出したからである。

「おい。何やってんだよ。――おい」

雄一が声をかけても、涼子は返事もせずに引出しの中を探《さぐ》っている。

「確《たし》かこの辺に……」

と、独《ひと》り言《ごと》を言っていたが、「――あった、あった」

と、中から鍵《かぎ》の束を取り出した。

「何するんだ？」

雄一はキョトンとして、涼子を見ていた。

「このキャビネを開けるのよ」

これには雄一もびっくりした。

「おい、そんなことして……」

「見たくないの、自分の成績《せいせき》？」

涼子は、さっさと鍵《かぎ》を開けると、引出しを引いて、中のファイルを探《さぐ》った。

「おい、もし見付かったら……」

雄一だって、別にそう臆病《おくびょう》ではないつもりだが、しかし、いつ先生が入って来るかと、気が気じゃなかった。

「——あ、これだわ」

涼子の方は、まるで気にもしていない様子である。

「おい、よそうよ」

と、雄一は言った。「やばいよ、見付かったら」

「大丈夫《だいじょうぶ》よ」

「それにさ、俺《おれ》、そんなに自分の成績《せいせき》、見たくないよ」

雄一の言葉に、涼子は笑い出してしまった。

「正直ね。それが河田君のいいとこだけど」

「そりゃ、お前くらいの成績《せいせき》なら、見たって楽しいだろうけどな。俺《おれ》、自分の成績《せいせき》なら、見当ついてるよ」

「そう?」

涼子は、真顔で言った。「そんなことないと思うわ」

「どうして?」

「見てごらんなさいよ。ともかく」

涼子が、ファイルの一つから、一枚《いちまい》のカードを抜《ぬ》き出《だ》して、雄一に手渡《てわた》した。

あまり気は進まなかったけれど、雄一は、それでもいくらかの好奇心《こうきしん》もあって、カードを見た。

〈河田雄一〉とある。間違《まちが》いなく、自分のだ。

が――見ていく内に、雄一の顔からは、段々《だんだん》血の気がひいて行った。

「――何だよ、これ！」

思わず、雄一はそう叫《さけ》んでいた。

「どう？」

と、涼子が言った。

「こんな――こんなのってあるかよ！――全部、落第点じゃねえか！」

数学2、物理1、国語2、歴史2、現代社会《げんだいしゃかい》1……。

目を疑《うたが》うような点数。これが十点法での点数なのだから！

いくら勉強に自信のない雄一だって、落第しないスレスレぐらいの点は、いつも取っていた。

このところ、突然《とつぜん》テストの点が悪くなったということもないはずである。それなのに……。

「こんなひどい話ってあるかよ！　どうしてこんな――」

「落ちついて」

と、涼子は雄一の肩《かた》を叩《たた》いた。「何か心当り、ないの？」

「あるわけないだろ！」

雄一は憤然《ふんぜん》として、「大体、こんなひどい点、もらういわれ、ないぜ」

「だから気になって教えてあげたのよ」

と、涼子は言った。

「断固《だんこ》、抗議《こうぎ》してやる！」

雄一は、すっかり頭に来ていた。

「だめよ。これを見たことを、どう説明するの？　それだけでも停学ものよ」

「じゃ、どうしろってんだ？」

「頑張《がんば》って勉強するのね。これからのテストでいい点取れば、望みはあるわ」

「そんなこと言っても……」

雄一は、ふくれっつらで、「そんなに急にできるようにならねえよ」

「でも、その成績《せいせき》、お家へ持って帰れないでしょ？」

こう言われると辛《つら》いのだ。

雄一も、母親のことは大好きだったからである。こんな成績《せいせき》を持って帰ったら、どんなにお袋《ふくろ》が嘆《なげ》くか……。

「参ったなあ！　どうすりゃいいんだよ！」

雄一も頭をかかえてしまった。

——涼子は、雄一の成績《せいせき》カードをファイルに戻《もど》すと、元の通り、キャビネの引出しへ入れ、鍵《かぎ》をかけた。

「なあ、お前はどうしてこんなこと、知ってるんだ?」

と、雄一は訊《き》いた。

「ちょっと、ね」

と、涼子は曖昧《あいまい》に言った。「さ、行きましょ」

「――どこへ?」

「ついてらっしゃい」

涼子は、職員室《しょくいんしつ》を出ると、またさっさと歩き出した。

雄一も並《なら》んで歩いていたが、

「――なあ」

と言い出した。

「何?」

「どこか――塾《じゅく》にでも行った方がいいのかな、俺《おれ》?」

涼子は、ちょっと雄一の顔を見て、

「そんなこと必要ないわ」

と言った。

「だけど、あれじゃ――」

「教科書を最初からキチンとやり直すのよ。分らない所を何度もくり返して。そうすれば――東大へ入れるとは言わないけど、誰《だれ》にだって分るようになるわ」

「そうかなあ……」

雄一は、心もとなげであった。

「こっちよ」

と、涼子が曲って行く。

「今度はどこへ行くんだ?」

「ついてらっしゃい」

涼子は、行く場所を、ちゃんと心得ているようだった。

「――何だ、ここ?」

と、雄一は言った。

「しっ！　大きな声を出さないで」

妙《みょう》な場所だった。――いうなれば、物置なのだ。狭苦《せまくる》しくて、やたらガラクタがつめ込《こ》んである。

「こっちよ」

涼子は、その物置の奥《おく》の方へと入って行った。

「――何してんだ？」

「ほら。この机《つくえ》の上に上って」

ちょっとガタの来た机《つくえ》が、壁際《かべぎわ》に置いてある。

「どうすんだよ？」

「上の方に、隙間《すきま》があるでしょ。板が割《わ》れてる所」

この校舎《こうしゃ》、前述《ぜんじゅつ》の如《ごと》く、ボロなので、廊下《ろうか》もいくつか穴《あな》があいている。壁《かべ》にもこうして割《わ》れ目《め》があるのだ。

「あれが?」

「隣《となり》の部屋が覗《のぞ》けるの」

「へえ」

雄一は目をパチクリさせて、「女子の更衣室《こういしつ》なのか?」

「馬鹿《ばか》」

涼子は、雄一の横腹《よこばら》を肘《ひじ》でついた。

「いてて……」

「職員《しょくいん》会議の最中よ。話を聞いてごらんなさい」

「隣《となり》で?」

雄一は、机《つくえ》の上に、そっと上った。——なるほど、会議か何かをしているらしい声が、耳に入って来る。

雄一は、少し伸《の》び上《あが》って、割《わ》れ目《め》から覗《のぞ》いて見た。

3

「――これしか方法はないと思いますね」

と、誰《だれ》かが発言を終えた。

――会議室のかなりの部分が、雄一の目に入った。

もちろん、知った顔ばかりが並《なら》んでいる。しかし、どうやら、あまり楽しい会議ではないようだった。

重苦しい様子で、誰《だれ》もが腕組《うでぐ》みをしたりして、考《かんが》え込《こ》んでしまっている。

「ともかく」

と、口を開いたのは校長だった。「十五歳《さい》というのは、もう子供《こども》とはいえない。自分のしたことの責任《せきにん》は取れる年齢《ねんれい》ですよ」

「しかし法律《ほうりつ》上は大人ではありません」

と、一人が言った。「体が大きいというだけで、大人扱《あつか》いしてはいけないと思いますが——」

「それは分ってるよ」

と、他の一人が受けて、「しかし、何でも社会のせい、では、少し甘《あま》やかし過《す》ぎじゃないのかな」

「我々《われわれ》の責任《せきにん》もある」

「もちろん、そりゃ分ってるが……」

「実際《じっさい》に、下校した後の、生徒一人一人の行動まで、こっちはつかめませんよ」

「そうそう。教師《きょうし》の方も人間だ。毎晩《まいばん》パトロールに出ていたら、こっちの生活がおびやかされる」

「大体、それは警察《けいさつ》の仕事でしょう。我々《われわれ》が——」

方々から話が飛《と》び交《か》って、何だか分らなくなって来た。

「ちょっと——ちょっと待って下さい！」

と、女性教師《じょせいきょうし》が甲高《かんだか》い声で、議論《ぎろん》をストップさせた。「話がこの事件《じけん》からどんどん離《はな》れてしまっていますわ」

「同感です」

と、校長が言った。「差し当りは、この問題を起した生徒のことに絞《しぼ》りましょう」

——一体、何があったんだろう？

雄一は首をひねった。

こんなにもめるくらいだ。相当な事件《じけん》だと思うのだが、そんな噂《うわさ》も耳に入っていない。

「一つ、申し上げたいんです」

と、女性教師《じょせいきょうし》が言った。「私《わたし》たち、この生徒のことばかり話していますけど、忘《わす》れてはいけないのは、被害者《ひがいしゃ》になった女の子のことです」

「しかし——」

「確《たし》かに、うちの生徒ではありませんわ。でも、私《わたし》も娘《むすめ》を持つ母親として、考えずにはいられません。中学一年生ですよ。——男の子に乱暴《らんぼう》されて、その記憶《きおく》は一生消えないでしょう。もし、うちの娘《むすめ》が被害《ひがい》にあったら、たとえ相手が中学生でも、私《わたし》は許《ゆる》しません」

――誰《だれ》もが、口をつぐんでいた。

こいつは大変だ。雄一もツバを呑《の》み込《こ》んだ。うちの学校の誰《だれ》かが、女の子に乱暴《らんぼう》した！

大事件《だいじけん》だぞ、こいつは！

「しかしねえ、中学三年生を、一度の間違《まちが》いだけで――」

「間違《まちが》いで済《す》むことではありませんわ」

と、女性教師《じょせいきょうし》が言い返す。

「その女の子にも未来がある。しかし、彼《かれ》の方にも未来があるんですよ」

「彼《かれ》の未来のためにも、罪《つみ》の大きさを、よく自覚させるべきです！」

「まあ、ちょっと――」

校長が手を上げて、止めた。「今、問題の生徒の母親が、この外に来ているそうです。ぜひ話をしたい、と言っているようですが……。どうしますか」

「聞かない方がいいと思いますわ」

と、女性教師《じょせいきょうし》。「同情《どうじょう》で判断《はんだん》を狂《くる》わせては——」

「いいじゃありませんか」

と、他の教師《きょうし》が苦笑《くしょう》した。「こっちはそう甘《あま》くありませんよ」

「まあ話ぐらいはねえ」

——全体的に、いいだろう、という空気になっていた。

「じゃ、中へ入ってもらいましょうか」

校長はそう言って、隣《となり》の主事に向って、肯《うなず》いて見せた。

主事が会議室を出て行くと、すぐにまた顔を出した。

「さあ。——どうぞ」

と、主事が促《うなが》して、その母親が、おずおずと会議室へ入って来た……。

雄一は唖然《あぜん》として、声も出なかった。

それは、雄一の母だった！

そんな馬鹿《ばか》な！　俺《おれ》が何したっていうんだ！　どうして母さんがこんな所へ引張《ひっぱ》り出《だ》されるんだ！

雄一の母は、二、三歩、よろけるような足取りで、中へ入って来ると、いきなり、その場に座《すわ》り込《こ》んだ。そして、

「申《もう》し訳《わけ》ありません！」

と、絞《しぼ》り出《だ》すような叫《さけ》び声《ごえ》を上げると、床《ゆか》へ頭をこすりつけんばかりにして、泣き出したのである。

母さん――よせ！　俺《おれ》は何もしてないじゃないか！　やめろ！

「母さん！　立ってくれ！」

我知《われし》らず、雄一は叫《さけ》んだ。そして、そのとたん、足下《あしもと》の机《つくえ》がゆらいで、雄一は転げ落ちていた。

後はもう――何が何だか分らない。

夢中《むちゅう》で、教室へ駆《か》け戻《もど》った。

「——早く座《すわ》れ」

教壇《きょうだん》に、担任《たんにん》の教師《きょうし》がいた。

クラスの連中は、ちゃんと席についている。

訳《わけ》が分らないままに、雄一は、自分の席に座《すわ》った。

「みんな揃《そろ》ったな」

と、教師《きょうし》が言った。「——みんなに悲しい知らせがある」

教室の中が、ふと緊張《きんちょう》した。

「沢野涼子君が、今朝、登校途中《とちゅう》、ダンプカーにはねられた。即死《そくし》だった」

ええっ、という声にならない声が、教室に満ちた。

そんな!——雄一は、すんでのところで、笑い出してしまいそうだった。

今、俺《おれ》は一緒《いっしょ》だったんだ。ちゃんと話もして、現《げん》にあいつはいつもの席に——。

沢野涼子の席は、空いていた。

「――学校としても、あの国道に歩道橋を作ってほしいと何度も要望を出していたのだが、結局、間に合わず、こんなことになってしまった。残念だ」

と、教師《きょうし》が目を伏《ふ》せた。

クラス中の女の子が、泣き出した。

雄一は、ゆっくりと涼子の席から目を戻《もど》した。

――あの成績《せいせき》。あの会議。あれは幻《まぼろし》だったのか？

雄一は、ハッとした。――中学三年生。十五歳《さい》。

あの会議で言っていたのは……一年後のことだ。

あれが一年後の俺《おれ》の成績《せいせき》、俺《おれ》のしでかすことなのか？

「――涼子」

と、雄一は呟《つぶや》いた。

お前は、俺《おれ》に、このまま行ったらどうなるか、教えてくれたのか？

どんどんだめになり、グレて、非行《ひこう》に走ることになる、って……。

涼子、お前は……。

雄一は、もう一度、涼子の席の方へ目をやった。

「――沢野君は、真面目で、いい生徒だった」

と、教師《きょうし》が言っていた。「今朝も、ちゃんと信号を守って、横断《おうだん》歩道を渡《わた》っていた。日直なので、早く出て来ていたんだ。トラックの運転手は、寝不足《ねぶそく》で、居眠《いねむ》り運転だったらしい。全くブレーキをかけずに、沢野君をはねてしまった。――この悲劇《ひげき》を、二度とくり返してはいけない。沢野君の死をむだにしないためにも――」

教師《きょうし》は言葉を切った。

女の子たちも泣きやんだ。そして、机《つくえ》に突《つ》っ伏《ぷ》して、一人、泣きじゃくっている雄一を、当惑《とうわく》したような顔で、眺《なが》めているのだった……。

保《ほ》健《けん》室《しつ》の午後

1

ガラス戸が、ガラガラと音を立てて開く。

机《つくえ》に向っていた木村弓子《きむらゆみこ》は、振《ふ》り向《む》きもせずに、言った。

「また来たのね。佐田《さた》さんでしょう」

へへ、と照れたような笑いが返って来る。

いささかくたびれた白衣をはおった木村弓子は、ボールペンを置いて、メガネを外した。

「笑う元気があったら、授業《じゅぎょう》に出なさい」

クルリと、椅子《いす》を回して、佐田みどりの方を向く。

佐田みどりは、入口の所で、すねた子供《こども》のように、足を交差させて、立っていた。

「――どうしたの？」

と、木村弓子は言った。「今度は何？　頭痛《ずつう》？　腹痛《ふくつう》？　それともつ、わ、り？」

佐田みどりは、唇《くちびる》をキュッとねじるようにして、ふてくされた。

「冗談《じょうだん》きついなあ。私《わたし》、そんなことしてないもんね」

「怪《あや》しいもんだわ。ともかく、今は何の時間？」

「——数学」

と、木村弓子は大きく肯《うなず》いた。「数、学、性《せい》の腹痛《ふくつう》だ。そうなんでしょ？」

「ああ、なるほどね」

「だって、本当に痛《いた》いんだもん……」

と、佐田みどりは口の中でブツブツ言った。

「ここはね、あんたの休憩室《きゅうけいしつ》じゃないのよ」

と、木村弓子は立ち上った。

「じゃ、いい」

と、みどりは戸を開けた。

「授業《じゅぎょう》に戻《もど》るの？」

「――分んない」

「どうせ、外をぶらついて、休み時間になったら教室へ戻《もど》るんでしょ。いいわよ、ここにいなさい」

「だって――」

「そんなにタコみたいな顔しないのよ。可愛《かわい》げがないわよ」

「どうせ、私《わたし》なんて可愛《かわい》くないんだもん」

「そう思ってりゃ、誰《だれ》だって小憎《こにく》らしい顔になるわよ」

と、木村弓子は言った。「そこで寝《ね》てなさい」

と、固いベッドを指さす。

「お説教されながら寝《ね》てんじゃ、治んないもん」

「私《わたし》、用事があって出かけるのよ。あんた、留守番《るすばん》してて」

「病人を使うの？」

「何が病人よ」

と木村弓子は笑った。「いいわね？」

「はあい」

みどりは、ベッドの方へ歩いて行く。

「シャンとして！　背筋《せすじ》を伸《の》ばしなさい」

と、木村弓子が、みどりの背中《せなか》をポンと叩《たた》いた。

「暴力《ぼうりょく》を振《ふる》わないで下さい」

「つべこべ言ってないの。じゃ、いいわね、分った？」

「うん」

「はい、と言いなさい」

「はい」

木村弓子は、机《つくえ》の上の書類をまとめると、やっとこベッドへ辿《たど》りついて、横になっ
ているみどりの方へ、

「三十分ぐらいで戻《もど》るつもりだけどね」

と言った。

「どうぞごゆっくり」

みどりは、枕《まくら》の上に頭をのせて言った。

木村弓子は、戸を開けてから、ふと振《ふ》り向《む》いて、

「お母さん、どうしてる？」

と訊《き》いた。

「元気。――毎日駆《か》け回《まわ》ってるよ」

「体、こわさないように言って。若《わか》くないんだから」

「うん。――はい」

と、みどりが言い直すと、木村弓子は苦笑《くしょう》して、保健室《ほけんしつ》を出て行った。

「――うるさいんだから」

と、みどりは呟《つぶや》いた。「痛《いた》いものは痛《いた》いんだから、仕方ないじゃないよ」

別に嘘《うそ》ついてるわけじゃないんだから。

みどりは、ぼんやりと天井《てんじょう》を眺《なが》めた。

そりゃあ——みどりだって、数学の時間の度《たび》にお腹《なか》が痛《いた》くなるのは、変な話だと思う。だけど、事実、痛《いた》くてたまらなくなるんだから、仕方ない。

もっとも、教室を出て、保健室《ほけんしつ》まで歩いて来る内に、段々《だんだん》よくなって来ちゃうのだ。

といって、教室に戻《もど》ると、また痛《いた》くなる。

——佐田みどり、十六歳《さい》。

セーラー服が、何だかアンバランスに見えるくらい、体つきはもう大人だ。

「今の子は体ばっかり大人になって——」

と、よく大人は言うけれど、仕方ないじゃないか。

好きでこんなに成長したわけじゃないんだから。私《わたし》のせいじゃない。

みどりは、それでもクラスの中で、特別大きい方じゃない。まあ中くらい、というところか。

それでも、胸《むね》は大きくて、本人は少々煩《わずら》わしいぐらいに思っているが、友人――特にやせっぽちの知子《ともこ》は羨《うらや》ましがる。

今ごろ、クラスじゃ何をやってるんだろう?――どうせ聞いたって分んないんだから。

みどりは、大きく息をついた。

可愛《かわい》くないこともない顔である。ただ、めったに、愉《たの》しげに笑うことがないので、木村弓子ではないが、

「小憎《こにく》らしい顔」

になってしまう。

いつも、つまんない、という表情《ひょうじょう》でいたら、そりゃ本人だってつまらなくなるだろう。でも、本当に面白《おもしろ》いことなんか一つもないんだから、この学校には。

いや――みどりだって、もとからこうだったわけじゃない。中学生のころには、クラブ活動でバレーボールをやって、大いに駆《か》け回《まわ》っていたものだ。

性格《せいかく》も明るかったし、友人たちの間でも人気があった。男の子にも――あんまりもてなかったが、それは、みどりの方があまり興味《きょうみ》を持っていなかったせいでもある。

変ったのは――というより、みどりを変えたのは、高校入試の直前になって、両親が離婚《りこん》したことだったろう。

原因《げんいん》が何だったのか、みどりには今もってよく分らないのだが、ともかく、毎日のように父と母が言い争っている様子を見たことが、みどりの人生観を変えてしまった。

特に、それまでは至《いた》って仲のよい夫婦《ふうふ》を装《よそお》っていて、みどりもそう信じていただけに、ショックも大きかったのだ。

入試の勉強なんか、まるで手がつかなかった。――両親が正式に離婚《りこん》したのは、みどりの入試の日だった……。

――以後、みどりは母と二人で暮《くら》している。一人っ子なので、話し相手になる兄弟もなかった。

母は、勤《つと》めに出て、張《は》り切《き》って働いている。みどりの目には、母が、以前よりずっと幸せそうに見えた。

母は母で、それなりに自分の人生を見出《みいだ》して、充実《じゅうじつ》しているのかもしれない。でも、みどりは、帰りの遅《おそ》い母と、ほとんど口をきくこともなくなってしまった……。

――ガラッと音がして、戸が開いた。

何だ、もう帰って来たのか。

みどりは、ちょっとがっかりして、そっちを見ようともしなかった。

――違《ちが》う。木村先生じゃない。

パタ、パタ、とサンダルの音がした。みどりは急いで目をつぶった。

眠《ねむ》ったふりをしたのだ。

他の先生だったら、あれこれ訊《き》かれてうるさい。

みどりは、いかにも眠《ねむ》っているかのように、少し口を開けて、深く、間を置いて、息をした。

入ってきた誰《だれ》かは、ちょっと足を止めた。みどりのいるのに気付いて、眺《なが》めている、という様子だ。

それから、眠《ねむ》っていると信じたらしく、机《つくえ》の方へと歩いて行った。

みどりは、じっと目を閉《と》じていた。——誰《だれ》だろう?

木村弓子は、みどりの母と、学校時代の友人同士である。

もっとも、インテリっぽいみどりの母とは対照的に、木村弓子の方はさばさばして、男みたいだ。

みどりは、あれこれ口やかましくは言われるけども、木村弓子が好きだった。少なくとも、彼女《かのじょ》には手応《てごた》えがあった。

今は何だか、空気みたいな、手応《てごた》えのない先生が多すぎるんだもの。

——みどりは、保健室《ほけんしつ》へ入って来た、その「誰《だれ》か」が、木村弓子の机《つくえ》の上をかき回すのを、聞いていた。

何をしてるのかしら?——正直なところ、ちょっと目を開けて、誰《だれ》なのか見てみたい気がした。

しかし、そうする前に、その「誰《だれ》か」は、足早にパタパタとサンダルの音をたてて、保健室《ほけんしつ》から出て行ってしまった……。

何だ。――つまんない。

みどりは、そのまま目をつぶっていた。別に眠《ねむ》かったわけでもないのだが、目を開けるのが面倒《めんどう》くさかったのだ。

でも、しばらく目をつぶっている内に、いつの間にか、みどりは本当にウトウトしていた。

――父と母と、三人で出かけたころのこと、一流ホテルで食事をしたりして、ちょっとレディぶってみたこと……。

その記憶《きおく》の断片《だんぺん》が、夢《ゆめ》のように、みどりの脳裏《のうり》を舞《ま》った。

「――こら、起きろ!」

揺《ゆ》さぶられて、みどりは、ハッと起き上った。

「はは、びっくりした?」

と笑っているのは、親友の知子——大里《おおさと》知子だった。

「知子！——何よ、びっくりさせて！」

みどりは頭を振《ふ》った。

「のんびり居眠《いねむ》りなんかしてんだもの。さぼっといてさ」

「腹痛《ふくつう》よ」

「お腹痛《なかいた》くてグーグー眠《ねむ》れる？」

「放っといてよ」

みどりはまた枕《まくら》の上に頭を落とした。「——授業《じゅぎょう》は？」

「もう休み時間よ」

「へえ。じゃ、結構寝《けっこうね》ちゃったんだ」

みどりは目をパチクリさせた。

「木村先生は？」

と、知子が見回す。

「何か用事だって。――でも、変だな。三十分で戻《もど》るとか言ってたのに」

みどりは、もう一度、ゆっくり起き上って、壁《かべ》の時計を見た。――たっぷり三十分以上、眠《ねむ》っていたことになる。

「職員室《しょくいんしつ》にはいなかったよ」

と、知子が言って、メガネを直した。

やせっぽちの知子は、メガネをかけると、いかにも秀才《しゅうさい》というイメージ。実際《じっさい》、成《せい》績《せき》は良かった。

「そう？　どうしようかな」

みどりは、ベッドから降《お》りた。

「どう、って？」

「留守番《るすばん》してて、って頼《たの》まれてんの。戻《もど》って来るまでいないとまずいかなあ」

「何言ってんのよ！　眠《ねむ》ってたくせに。こんな所に泥棒《どろぼう》が入るわけないじゃないの」

「だけど――」

と言いかけて、みどりは言葉を切った。

さっき、誰《だれ》かが入って来た。

あれも夢《ゆめ》だったのかしら?——いいえ、あのパタパタというサンダルの音は、本ものだった……。

もちろん、あれが泥棒《どろぼう》だった、というんじゃない。でも、どことなく変だった。

どこが変なのかは、よく分らないけど、でも確《たし》かに変だった……。

「木村先生、捜《さが》してみよう」

と、みどりは言った。

「もう、お腹《なか》は治ったの?」

「しつこいわねえ」

と、みどりは知子をにらんだ。

「そう怒《おこ》るな、って」

知子は笑って、みどりの肩《かた》に手をかけると、「じゃ、一緒《いっしょ》に捜《さが》してあげる」

「うん」

「どこに行くって言ってたの？」

「何も言ってなかった」

「じゃ、どこ捜《さが》すのよ？」

「たいてい職員室《しょくいんしつ》か、でなきゃ研究室じゃない？」

「研究室に行ってみようか」

知子が、戸を開けようとしたとき、ガラッと外から戸が開いた。

「あ、先生」

と、みどりが言った。「今、捜《さが》しに行こうと思って――」

不意に、目の前の木村弓子の体が大きく揺《ゆ》らいだ。

みどりと知子は、反射的《はんしゃてき》に後ずさった。

木村弓子は、みどりたちを見ていなかった。いや、その目は、どこも見ていなかった。ただ、虚空《こくう》を見つめているだけで――。

「先生――」

と、みどりが言いかけた。

木村弓子は、保健室《ほけんしつ》の中へ、前のめりに、よろけるように入って来た。一瞬《いっしゅん》、みどりは、先生、酔《よ》っ払《ぱら》ってるのかしら、と思った。

その足取りは、そんな風だったのである。

木村弓子は、そのまま、床《ゆか》にバタッと突《つ》っ伏《ぷ》した。

――みどりと知子は、しばらく呆然《ぼうぜん》として、倒《たお》れたまま動かない木村弓子を見下ろしていた。

木村弓子の白衣の背《せ》に、赤い模様《もよう》が広がりつつあった。

いや、それは――血だった。血が、どんどん、その面積を広げて行くのだ。

「大変だ」

知子が言った。声が震《ふる》えている。「知子。早く電話して！　誰《だれ》か呼《よ》ばないと。――

知子！」

振《ふ》り向《む》いたみどりは、知子が真青《まっさお》になって、その場に座《すわ》り込《こ》んでしまうのを見て、びっくりした。

「知子！　どうしたのよ？」

「だめなの……。私《わたし》……血を見ると……貧血《ひんけつ》を起こして……」

知子は、途《と》切《ぎ》れ途《と》切《ぎ》れに言って、そのまま気を失って倒《たお》れてしまったのだった。

2

「お母さん」

と、みどりは言った。「木村先生が死んだよ」

特別、気をつかった言い方ではなかった。

みどりだって、こんなときにはこんなときなりの言い方があることぐらい、分っている。

「お母さん、びっくりしないでね――」

とか、

「あのね、今日、大変なことがあったのよ」

とか前置きしておけば、ずいぶんショックもやわらぐだろう。

しかし、みどりはそんな気にはなれなかったのである。なぜかは分らなかったが、母に、そんな気づかいは必要ない、と思ったのだった。

みどりの母――佐田紀子《のりこ》は、つい十分前に帰って来て、服も替《か》えずに台所に立っていた。

「――何ですって?」

手を休めて振《ふ》り向《む》くまでに、十秒以上はかかった。「誰《だれ》が死んだって?」

「木村先生」

と、みどりはくり返した。

「木村……弓子さん?」

「そう。誰《だれ》かに刺《さ》し殺《ころ》されたんだ、今日」

「まあ……」

紀子は、ちょっと呆気《あっけ》に取られたようで、ポカンとしていたが、「――そんなことが――学校で？」

「うん」

「今日？　昼間だったの？」

「うん」

「まあ」

と、紀子は首を振《ふ》って、また鍋《なべ》の方へ向いた。「分んないわね、人間なんて」

みどりは、母親が泣き出すか――そこまで行かなくても、ショックで青くなって、取《と》り乱《みだ》すだろうと思っていた。

しかし、一向にそんな様子はなく、鍋《なべ》をかき回している。――友人だったのに。

みどりは、ちょっと肩《かた》をすくめた。

大人の友情《ゆうじょう》なんて、こんなものだ。

「ねえ、みどり」

と、紀子が振《ふ》り向《む》かずに言った。

「うん？」

「木村さんの、お葬式《そうしき》、いつなのか、聞いた？」

みどりは、一瞬《いっしゅん》、言葉が出なかった。

「――知らない」

「そう。――できるだけ、顔を出したいものね。お仕事の方、調整しなきゃいけないから……」

みどりは、突然《とつぜん》、母親に対して、激《はげ》しい怒《いか》りを感じた。

――でも、怒《おこ》ったって仕方ない。

大人には、子供《こども》の怒《いか》りとか、傷《きず》つきやすい心なんか、分ってもらえないのだ。

大人だって、昔は子供《こども》だったはずなのに、どうして分らないのだろう？

私《わたし》も――大人になったら、母のようになるのかしら？　いやだ！

「さあ、ご飯にしましょ」

と、何事もなかったように、紀子は言った。

みどりは、黙《だま》って、椅子《いす》に座《すわ》り直した。

「――学校、大変だったでしょ、そんなことがあったんじゃ」

と食べながら、紀子が言った。

「うん。警察《けいさつ》が来て、大騒《おおさわ》ぎしてた。みんな面白《おもしろ》がってたよ」

「そう。――犯人《はんにん》は？」

「まだ分んないみたい」

みどりは、自分が刑事《けいじ》から話を聞かれたことは黙《だま》っていた。

いちいち説明するのが面倒《めんどう》くさかったからだ。

「――何を笑ってるの？」

と、紀子が不思議そうに言った。

「何でもない」

と、みどりは首を振《ふ》った。

でも――面白《おもしろ》かったんだ、あの刑事《けいじ》。

うん、よく分るよ、とか言っちゃって……。


「うん、よく分るよ」

と、その刑事《けいじ》はいやに力強く肯《うなず》いた、「僕《ぼく》も血を見ると貧血《ひんけつ》を起こすんだ」

それを聞いて、知子はホッとしたように微笑《ほほえ》んだ。

ともかく、みどりの前で引っくり返ったのを、知子は凄《すご》く気にしていたのである。

でも、みどりは、それを聞いていて、思わず笑い出しそうになってしまった。刑事《けいじ》のくせに、血を見ると貧血《ひんけつ》を起こすなんて！

何ていう刑事《けいじ》だったろう？

片《かた》――片岡《かたおか》――だったかな。ちょっと違《ちが》うような気もする。

まあいいや、ともかく「片《かた》」のつく名前だった。

「じゃ、木村先生がここへ入って来て倒《たお》れたとき、ここには君ら二人しかいなかったんだね？」

と、その「片《かた》」なんとか刑事《けいじ》は、みどりと知子を交互《こうご》に見た。

みどりは、返事をするのも面倒《めんどう》くさいので、黙《だま》って肯《うなず》いた。

「木村先生は、倒《たお》れたとき、何か言わなかった？」

と、刑事《けいじ》は訊《き》いた。

知子が首を振《ふ》って、

「一言もしゃべりませんでした」

と言った。「もちろん——私《わたし》が気を失った後は知りませんけど」

「どう？」

と、刑事《けいじ》がみどりを見る。

「何も」

と、みどりは言った。

「そうか」

刑事《けいじ》は、ちょっとがっかりしたように肯《うなず》いた。

保健室《ほけんしつ》の中は、まだ何となく重苦しい空気が漂《ただよ》っていた。もちろん、もう木村先生の死体はなくなっていたのだけれど、床《ゆか》には血痕《けっこん》が黒く残っていて、死体の倒《たお》れていた格好《かっこう》に、白い人の形が描《えが》かれていた。

それは、よくTVの刑事《けいじ》ものなんかで見ていたけれど、現実《げんじつ》に目にすると、あまり気持のいいものじゃなかった……。

「いいかい」

と、その刑事《けいじ》は言った。「君らは、木村先生が倒《たお》れるのを見た。木村先生はそこにうつ伏《ぶ》せに倒《たお》れた。そうだね？」

「そうです」

と、知子が答える。

知子の方が熱心に、刑事《けいじ》の質問《しつもん》に答えていた。——気絶《きぜつ》しちゃったことを、埋《う》め合《あ》わせたいという気持もあっただろうし、それに、いくらか、知子は目立ちたがりのところもあるのだ。

「君たちは、木村先生の背中《せなか》に血が広がっていくのを見た」

刑事《けいじ》は、ちょっと間を置いた。「それがどういうことか分るかな？　刺《さ》されたら、血はすぐに流れ出すもんだ。ということは——」

「私《わたし》たちが見たとき、先生は、刺《さ》されたばかりだったんですね」

知子が恐《おそ》ろしそうに目を見開きながら言った。

「そうだ」

と、刑事《けいじ》は肯《うなず》いた。「木村先生は、この保健室《ほけんしつ》のすぐ外で、刺《さ》されたんだよ」

そんなの当り前じゃない、とみどりは思った。——言われなくたって分ってたわ、私《わたし》には。

「何か気が付かなかったかい？　走って行く足音とか、人の声とか」

知子は、ちょっと首をかしげて、

「私《わたし》、何も――」

と、みどりを見る。「みどり、あんた、どう?」

「私《わたし》も別に……」

と、みどりは言った。

「そうか。――助けを呼《よ》びに出たのは?」

「私《わたし》です」

「佐田みどり君だね」

「そうです」

「廊下《ろうか》へ出たとき、誰《だれ》か見かけなかったかい?」

「誰《だれ》もいません」

「どれくらいたってたかな、木村先生が入って来てから、君が廊下《ろうか》へ出て行くまで」

みどりは、ちょっと肩《かた》をすくめた。

「時間を計ってたわけじゃないから……」

「ああ、もちろん、大体の感じ、でいいんだよ」

「たぶん——二、三分だったと思います」

と、みどりは知子を見て、「知子が気を失っちゃったりしたので、そっちに気を取られていて」

「なるほどね」

と、刑事《けいじ》は肯《うなず》いた。「いや、どうもありがとう。大変だったね、君らも」

「別に……」

と、みどりは、口の中で呟《つぶや》いた。

もちろん、大変ではあった。ショックだったし、一瞬《いっしゅん》、心臓《しんぞう》が停《とま》るかと思うほど、びっくりした。

でも——もう済《す》んでしまったことなんだもの。

後はただ、友だちに、ちょっと脚色《きゃくしょく》してオーバーに話してあげるだけ……。

「何か思い出したら、知らせてくれるね」

と、その刑事《けいじ》は言った。

ちょっとノッポで、なで肩《がた》の、あんまり強そうでない刑事《けいじ》だった。

そう。だって、血を見て貧血《ひんけつ》を起こすっていうんだから——刑事《けいじ》の中じゃ、「落ちこぼれ」なのかも。


「あら、電話」

と、紀子が、はしを止めた。

「私《わたし》、出る」

と、みどりが席を立つ。

「そう?」

みどりは、廊下《ろうか》にある電話へと走って行った。といって、誤解《ごかい》されると困《こま》るが、そんなに広い家ではない。

「はい」

と、みどりは受話器を上げて言った。

「あ、みどり？」

「知子か」

「今日、大変だったね」

「そうね」

「おうちで話した？」

「うん、一応《いちおう》」

「今まで、ずっとしゃべってたのよ」

と、知子は、ちょっと照れたように、「同じこと、もう三回もしゃべっちゃった」

「で、何なの？」

「うん。ほら、今日さ、みどりは、あの前からずっと保健室《ほけんしつ》にいたわけじゃない」

「そうよ。それがどうしたの？」

「あの刑事《けいじ》さんに、そのこと、言わなくていいかなあ」

「どうして？」

「どうしてってこと、ないけどさ……」

と、知子がためらう。

「知子、あの刑事《けいじ》さん、好きなんでしょ」

と、みどりは冷やかした。

「ええ？――うん、まあね」

と、知子の方もアッサリしている。「あのタイプ、好みなんだ」

「私《わたし》、嫌《きら》いよ。何だか頼《たよ》りないじゃない」

「私《わたし》、ああいう、ちょっと頼《たよ》りない人、好きなの。何でも言うこと、聞いてくれそうでしょ？」

「そうかなあ」

「結婚《けっこん》するならあゝいゝ手よ。尻《しり》に敷《し》かれて、それで結構《けっこう》幸せ、って感じじゃない」

みどりは、知子の言い方に、つい笑ってしまった。

よく笑えるもんだわ、と我《われ》ながら思った。人の死ぬのを、目の前で見たっていうのに……。

「そんなこと言うために電話して来たの?」

「そうじゃないけどさ。——犯人《はんにん》、早く捕《つか》まるといいね」

知子にそう言われて、みどりは、ハッとした。

犯人《はんにん》。——そんなこと、全然考えていなかった。

いや、もちろん、誰《だれ》かが木村先生を刺《さ》したには違《ちが》いなかったのだが、みどりは、「木村先生が死んだ」ということ、それだけしか頭になかった。

犯人《はんにん》は誰《だれ》だろうなんて、考えてもいなかったのである。

「みどり、誰《だれ》だと思う?」

と、知子が訊《き》いて来る。

「分るわけないじゃない」

「私《わたし》ね、武井《たけい》先生、怪《あや》しいと思うんだ」

「武井――って、日本史の？」

みどりは面食らった。

「そう、凄《すご》い仲悪かったんだよ」

それはみどりも知っている。

武井は、生活指導《しどう》に当っている教師《きょうし》で、やたら口やかましいから、生徒には嫌《きら》われている。

「女性《じょせい》は家にあって、家庭を守るのが本分である」

なんて、授業中《じゅぎょう》にぶったりする。それが五十代の戦前生れかと思うと、実は三十そこそこの若《わか》さだ。そこが、却《かえ》って怖《こわ》い感じだった。

やせ型でメガネをかけ、秀才《しゅうさい》タイプだった。――事実、学校でも「理論派《りろんは》」で通っていて、父母会なんかでは、親たちを相手に、弁舌爽《べんぜつさわ》やかに丸《まる》め込《こ》んでしまう、という評判《ひょうばん》だ。

だから、学校の理事とか校長とかには至《いた》って受けが良く、もちろん、まだベテラン教師《きょうし》でもないのに、学年主任《しゅにん》などをやって、古い同僚《どうりょう》からは嫌《きら》われている。

生活指導担当《しどうたんとう》になってからは、大張り切りで、停学処分《しょぶん》になる生徒が急にふえた。

木村弓子と衝突《しょうとつ》したのも、ある女子生徒の停学処分《しょぶん》をめぐってだった。

あくまで、生徒と理解《りかい》し合うことを目指していた木村先生と、規則《きそく》で縛《しば》ろうとする武井がぶつかるのは当然といえば当然だった。

「だけど、知子」

と、みどりは言った。「いくら仲が悪くても、殺しゃしないんじゃない?」

「そうかなあ」

と、知子は思い切れない様子。

「ともかく、そんなことは、警察《けいさつ》へ任《まか》せとこうよ」

と、みどりは言って、それから二、三、事件《じけん》とは関係のないことをしゃべって、電話を切った。

「——誰《だれ》だったの?」

と、紀子が顔を上げる。

「知子」

と、椅子《いす》に座《すわ》りかけたとき、また電話が鳴り出した。

「もう! うるさいなあ」

みどりは、ブツブツ文句《もんく》を言いながら、また電話口まで足を運んだ。「——はい、佐田です。——もしもし?」

少し沈黙《ちんもく》があった。

「もしもし……」

と、みどりはくり返した。

——席に戻《もど》ると、紀子が、

「今度は短いのね」

と言った。「誰《だれ》から?」

「知らない」

と、みどりは言った。

「知らない、って……」

「間違《まちが》いよ」

「何だ。そうなの」

紀子は笑った。

みどりは、黙《だま》って食べ続けた。

間違《まちが》い？——本当にそうならいいのに。

あの押《お》し殺《ころ》したような、誰《だれ》のものとも分らない声……。

みどりは、はしを持つ手が震《ふる》えないように、力を入れなくてはならなかった。

あの声には、冗談《じょうだん》では済《す》まないもの、みどりを怯《おび》えさせるものが、あった。

「しゃべるな」

と、その声は言った。「死にたくなかったら、しゃべるな」

と……。

3

みどりは、保健室《ほけんしつ》の戸を、そっと開けた。

中には誰《だれ》もいない。

みどりは、ひどく寂《さび》しい気分がして、しばらく、入口でためらっていた。

主がいなくなった保健室《ほけんしつ》。——それは、ちょうど、父親が欠けたときの、みどりの家にも似《に》ていた。

どこもかしこも、場所そのものは変らないのに、どこかが違《ちが》うのだ。まるで別の場所のようなのである。

空気が違《ちが》う、とでもいうのだろうか。

みどりは中へ入った。

数学の時間だ。教室へ戻《もど》る気にもなれなかった。

「数学性腹痛《せいふくつう》」とからかってくれる人も、もういない。

みどりは、ベッドの方へ歩いて行って、横になった。

――今、保健室《ほけんしつ》は、空席のままになっている。

木村先生の後は、おいそれと見付からないようだった。

事件《じけん》から十日が過《す》ぎていた。木村先生の葬儀《そうぎ》も終った。母の紀子は、結局、仕事で出られなかった。

犯人《はんにん》はまだ捕《つか》まっていない。

きっと、あの「血を見ると貧血《ひんけつ》を起こす」刑事《けいじ》が、せっせと調べてはいるのだろうが、あの頼《たよ》りなさじゃね……。

いくら知子はお気に入りでも、あんまり「実用的」じゃないや、なんてみどりは考えていた。

みどりは、ぼんやりと天井《てんじょう》を眺《なが》めていた。――何もかも、忘《わす》れかけている。

もう、木村先生の事件《じけん》が、生徒たちの間で話題に上ることは、ほとんどなかった。

子供《こども》たちにとって、昨日のことは、どんな大事件《だいじけん》でも「昨日のこと」でしかない。

ただ――みどりにとっては、特別である。単に、その場に居合《いあ》わせたから、というだけではない。

あの、「死にたくなかったら、黙《だま》っていろ」という脅迫《きょうはく》の電話がある。

あれきりかかっては来ないが、一体何のことだったのだろう?

よく分りもしないことで脅迫《きょうはく》されても困《こま》ってしまうんだけどね、とみどりは思った。

あれがもし、本当に犯人《はんにん》からの電話だったとしたら、みどりが何を知っていると思ってかけて来たのか。――一向に、思い当らないのだ。

戸が、ガラッと開いて、みどりはギクリとした。

起き上って見ると、同じクラスの、金山千津子《かなやまちづこ》が顔を出している。

「あ、みどり、いたの」

「いいよ。入ったら?」

「ううん。ちょっと——」

と、金山千津子は曖昧《あいまい》に言って、首を振《ふ》って、「ごめんね、起こして」

「眠《ねむ》ってたわけじゃないもん」

「じゃあ」

千津子は、そのまま戸を閉《し》めて行った。

——何だったんだろう？

みどりは、ちょっと気になった。

金山千津子は、おとなしくて目立たない子である。本当に、当節、珍《めずら》しいくらいの、控《ひか》え目《め》な子なのだ。

千津子、いやに顔色悪かったな、とみどりは思った。ここで休んで行けばいいのに。

足音がして、また戸が開いた。

「こら、さぼり！」

と、知子が顔を出した。

「そっちはどうなのよ」

「ね、千津子、来なかった？」

と、知子は入って来て言った。

「ついさっき、来たけど、また行っちゃったよ」

「やっぱりね」

知子は肯《うなず》いた。「捜《さが》して来い、って言われちゃったんだ」

「顔色、良くなかった」

「うん……。私《わたし》も、まさかと思ったんだけど」

と、知子がいわくありげに肯《うなず》く。

「まさか、って……何が？」

「千津子よ。聞いてない？」

みどりは首を振《ふ》った。知子は、ベッドのわきに来ると、ちょっと声を低くして、

「千津子ね、妊娠《にんしん》してるみたいなの」

と言った。

みどりは思わず、

「まさか！」

と、声を上げていた。

「本当らしいよ。二、三日前から噂《うわさ》が流れてて」

「千津子が？——信じられない！」

「私《わたし》も、まさか、と思ったけど、当人も否定《ひてい》しないんだもん」

「そう」

みどりは肯《うなず》いて、「相手は？」

「分んない。言わないだろうね、千津子だったら」

「そうね」

相手をかばって、じっと堪《た》える。——千津子はそういうタイプの子なのである。

「じゃ、ここへ何しに来たのかな」

「気分悪くて休みに来たのかもね」

「それだったら、休んできゃいいじゃない。他に用があったのかも」

とは言ったが、みどりにも見当がつかない。

「――じゃ、先生には、いなかった、って言っとこう」

と、知子は言って、「ごゆっくり」

ふざけて手を振《ふ》ると、出て行った。

――みどりは、また、ゆっくりとベッドに横になった。

千津子、ねえ……。

意外だった。でも、ちょっぴりしゃくでもある。

当人にとったら、それどころじゃないかもしれないけれど。

みどりは、体がどことなくけだるくて、目をつぶった。

そう。――あのときみたいだ、とみどりは思った。

ウトウトしていると、誰《だれ》かが入って来た。パタ、パタ、とサンダルの音をさせて……。

——あれは誰《だれ》だったんだろう？

でも、もういい。どうせ私《わたし》には関係ないことだから……。

そして、今もまた、みどりはウトウトし始めていた。

——パタ、パタ。

サンダルの音。いやだ、私《わたし》、夢《ゆめ》を見てるのかな。あのときのことを……。

パタ、パタ。

近付いて来る足音。戸の前で立ち止まり、そして戸をそっと開ける。

——違《ちが》う！

みどりはゾッとした。夢《ゆめ》じゃなかったのだ。現実《げんじつ》に、今、誰《だれ》かが、保健室《ほけんしつ》の外にいる。

ガラッと戸が開く。

みどりは、じっと目を閉《と》じていた。

パタ、パタ。

入って来て、その足音は、ピタリと止まった。みどりを見て、ギョッとした様子だった。

誰《だれ》だろう？　目を開けようか？
でも——開けてはいけないような気がした。開けたら、そこに恐《おそ》ろしい顔が……。
近付いて来る。気配で分った。
足音を立てないように、用心しながら、近寄《ちかよ》って来る。
みどりは、そこに何かを感じた。危険《きけん》なもの、突《つ》き刺《さ》さって来るような敵意《てきい》を……。
体が動かなかった。見えない縄《なわ》で縛《しば》りつけられてしまったかのように。
逃《に》げなくちゃ。悲鳴を上げて、一気に——。
でも、動けない！　動けないのだ！
そのときだった。
とんでもないものが、聞こえたのである。
こんな所で、聞こえるはずのないものだった。
「ニャーオ」
それは——猫《ねこ》の鳴き声だった。

一瞬《いっしゅん》、幻聴《げんちょう》かと思った。だって、こんな学校の中で——猫《ねこ》、猫《ねこ》？
でも、ともかく、そのあまりに場違《ばちが》いなのが、却《かえ》って不自然でない印象を与《あた》えた。
「ニャーオ」
と、もう一度鳴く。
本当に猫《ねこ》なのだ。こんな所に……。
パタパタ、とサンダルの足音が急いで保健室《ほけんしつ》を出て行った。
まるで呪《のろ》いが解《と》けたように、みどりは目を開いて起き上った。
床《ゆか》に、一匹《ぴき》の三毛猫《みけねこ》がチョコンと座《すわ》って、じっとみどりを見上げている。

4

「猫《ねこ》ちゃん、どこから来たの？」

みどりも、やっと緊張《きんちょう》が緩《ゆる》んで、その三毛猫《みけねこ》に話しかけていた。

学校に猫《ねこ》がいるなんて、聞いたことがないけど。

何となく、よく見ると妙《みょう》な猫《ねこ》だった。じっとみどりを見ているその目は、誰《だれ》かを思い出させた。

誰《だれ》だろう？　でも、確《たし》かによく知っている誰《だれ》か……。

「そうだわ」

と、みどりは呟《つぶや》いた。

木村先生の目に似《に》ている。厳《きび》しくて、暖《あたた》かい。何もかも分った上で、こっちを包《つつ》み込《こ》んでくれるような……。

考え過ぎかな、と思った。ただの猫《ねこ》なのに――。

「何してるの、こんな所で？」

みどりは、ベッドから降《お》りると、猫《ねこ》に声をかけた。

みどりは、動物を飼《か》ったことがない。でも、決して嫌《きら》いではなかった。

「どこから入って来たの？」

みどりは、かがみ込《こ》んで、そっと手を伸《の》ばした。

——滑《なめ》らかな毛並《けなみ》、かすかな暖《あたた》かさ。

ふと、みどりは机《つくえ》の方へ目をやった。

あのサンダルをはいていた人間は、あのとき、机《つくえ》で何をしていたんだろう？

みどりは、机《つくえ》の方へ行って、その上を眺《なが》め渡《わた》した。

ここに何かがあった。それを捜《さが》しに来て、みどりに目を止めた。

「——そうだわ」

と、みどりは呟《つぶや》いた。

あの脅迫《きょうはく》の電話の意味が、今、やっと分ったのだ。

あのサンダルをはいた人間が、みどりに見られていたかもしれないと思って、電話して来たのだ。

ということは——あのサンダルをはいた人間が、木村先生を殺したのだ。

その人間は、木村先生に、何かまずいことを知られていた。ここへ来て、机《つくえ》の上を見て、それを知った。

木村先生に話をしようとして、断《ことわ》られた。ここの前まで追いすがるようについて来て、いよいよだめとなると、木村先生を突《つ》き刺《さ》したのだ!

でも――誰《だれ》が? 誰《だれ》がやったんだろう。

「どうして今、やって来たのかしら?」

と、みどりは呟《つぶや》いた。

「誰《だれ》がやって来たんだい?」

入口の方で声がして、みどりは、と、声を上げた。

「キャッ!」

立っていたのは――あの刑事《けいじ》だった。

「何だ、ここにいたのか」

と、刑事《けいじ》が三毛猫《みけねこ》の方へ声をかけた。

「——あなたの飼《か》ってる猫《ねこ》？」

「そうだよ」

と、刑事《けいじ》は微笑《ほほえ》んだ。「ちょっと変った猫《ねこ》でね。さっきから捜《さが》してたんだ」

「そう」

みどりは、三毛猫《みけねこ》の方へ目を向けて、「本当に変った猫《ねこ》ね」

「そう思う？」

と刑事《けいじ》が訊《き》く。

「命を助けてもらったのかもしれないわ」

「命を？」

「ええ」

みどりは刑事《けいじ》を見た。「私《わたし》——殺人犯人《はんにん》を見たかもしれないんです」

「——話してくれ」

刑事《けいじ》は三毛猫《みけねこ》をかかえ上げながら言った。

「ニャン」

と、猫《ねこ》も言った。


「――サンダルの足音か」

と、刑事《けいじ》はみどりの話に肯《うなず》いて、「しかし、顔は見なかったんだね？」

「ええ。目をつぶっていて」

「そうか。――何か特徴《とくちょう》のある足音だったかい？」

「いいえ。残念ながら」

「やっぱりね」

と、刑事《けいじ》がため息をつく。

「やっぱり、って」

「いや、こういうとき、たいていミステリーだと『片足《かたあし》を引きずっていた』とか『左右の足音が違《ちが》っていた』とかいうことになるんだけどね。現実《げんじつ》にはそんなことってないんだよな」

あんまり本気でがっかりして(?)いるので、みどりは何だかおかしくなって笑い出してしまった。

「――おかしいかい」

と、刑事《けいじ》の方も苦笑《くしょう》している。

「いいえ。でも――ごめんなさい」

「いいんだよ」

と刑事《けいじ》は気楽に言った。「大体あんまりこの商売が好きじゃないんだよ、僕《ぼく》は」

猫《ねこ》がニャオ、と鳴いた。

「あのサンダルの音、先生の誰《だれ》かだと思うんです」

「先生の?」

「学校の中をサンダルで歩いてるなんて、先生くらいですから」

「ああ、なるほどね」

と、刑事《けいじ》は肯《うなず》いた。「しかし、どの先生かは分らない」

「ええ。でも、さっき入って来たのは、あのときと同じ人だと思います。——そう感じたんです」

「君を見てびっくりしたようだと言ったね」

「ギョッとしたような気配がしたんです。ピタッと足を止めて」

「すると、その人物は、君がここにいるのを知らずに来たわけだね」

「そうですね、きっと」

「じゃ、何のためにここへ来たんだろう？」

「さあ……」

みどりは首をかしげた。「何かを捜《さが》したかったのかも……」

「しかし、それなら、十日間も時間があったわけだろう？　その間にいくらも捜《さが》せたわけじゃないか。わざわざこんな授業《じゅぎょう》のある時間に——」

「そうか……。じゃ、私《わたし》の考え過ぎだったのかも――」

三毛猫《みけねこ》がニャーオと鳴いた。

刑事《けいじ》の腕《うで》の中からヒョイと飛び出すと、床《ゆか》を一蹴《ひとけ》りして、みどりの膝《ひざ》の上に飛び上った。

みどりはびっくりしたが、その重みは、快《こころよ》かった。

そして、みどりを見上げて、ニャーオ、とくり返した。

「――君の考え過ぎじゃない、と言ってるよ」

と刑事《けいじ》が言った。

「まあ、面白《おもしろ》い」

「考えてみてくれないか、その前に、ここへ誰《だれ》か来なかったかい？」

みどりはハッとした。

「来ました。――千津子が」

「それは？」

「クラスの子です。金山千津子……」

みどりは、突然《とつぜん》、霧《きり》が晴れるような気がした。「そうだわ。ここで、千津子がその人と会うことになってたとしたら……」

「そうかもしれない。ここに今は誰《だれ》もいないと思っていたんだ」

「千津子――妊娠《にんしん》してるって噂《うわさ》なんです。もしその人が相手だったら――」

「そして教師《きょうし》だとしたら」

「分ったわ!」

みどりは思わず高い声を出した。「木村先生に、千津子はきっと打ちあけたんです。それとも木村先生の方が気付いて話をしたのか……」

「木村先生が、相手が教師《きょうし》だと知ったら、どうしたかな?」

「許《ゆる》さなかったと思います。生徒には理解《りかい》があったけど、教師《きょうし》としては厳《きび》しい人でしたから」

「そうなると、その教師《きょうし》にとっては命取りになる」

「それで木村先生を刺《さ》したんだわ……」

三毛猫《みけねこ》がパッと頭を上げると、戸口の方へ向いて、

「ニャーオ」

と、鋭《するど》い声で鳴いた。

「誰《だれ》かいるぞ！」

刑事《けいじ》が叫《さけ》んで戸口に向って走った。

廊下《ろうか》を走って行く足音を、みどりは聞いた。サンダルの足音。

ドシン、バタン、という物音がして――やがて静かになった。

みどりは廊下《ろうか》に出た。

刑事《けいじ》が、床《ゆか》に一人の男をねじ伏《ふ》せている。

ハァハァ息をしながら、手錠《てじょう》をかける。

刑事《けいじ》は、みどりの方を見た。

「知ってるね？」

「ええ」

と、みどりは肯《うなず》いた。「武井先生だわ。生活指導《しどう》の先生です」

「なるほどね。――とんだ生活指導《しどう》だ」

みどりは、廊下《ろうか》のずっと向うに、ポツリとたたずんでいる千津子を見付けた。

その胸《むね》の痛《いた》みが、みどりにも伝わって来るようだった。

みどりは、千津子の方へと歩いて行った。

そのみどりの後《うし》ろ姿《すがた》を、三毛猫《みけねこ》がじっと見送っていた。


「――じゃ、先生が？」

と、紀子は呆《あき》れたように言った。

「そうなの。ひどい話だわ。学校中、大騒《おおさわ》ぎよ」

みどりは、ソファの上に鞄《かばん》を投げ出した。

「千津子は可哀《かわい》そうだった。でも――千津子のせいじゃないものね……」

「でも——犯人《はんにん》は捕《つか》まったのね」

「ええ。私《わたし》が推理《すいり》したんだからね」

得意げに言って、みどりは母の顔を見て、びっくりした。

母の頬《ほお》に、涙《なみだ》が伝っている。

「お母さん——」

「ご飯の仕度《したく》をしましょうか」

と、紀子は台所へ歩いて行った。

「何か手伝うわ！」

みどりが、手を洗《あら》いに洗面所《せんめんじょ》へと走って行った。

大人の時間

1　帰《き》郷《きょう》

岐子《みちこ》は列車を降《お》りた。

もう、すっかり暗くなって、駅のホームに人の姿《すがた》はない。

スーツケースが重かった。

長いこと座《すわ》っていたので、腰《こし》が痛《いた》かった。少し伸《の》びをして、冷たい空気を深く吸《す》い込《こ》む。

スーツケースはキャスターがついて、押《お》して行けるようになっている。岐子は駅の改札口へと、ガラガラ音をたててスーツケースを押《お》しながら、歩き出した。

――小さな田舎《いなか》の無人駅だ。

いつもは、「どうしてもっと大きな駅のところに住まなかったんだろう」と不服を言っているが、今日はこんな駅で良かったと思う。誰《だれ》にも会わずに、駅を出られる。

だが、改札口の所に、人影《ひとかげ》が立っていた。

「――お母さん」

と、岐子が言った。

「お帰り」

と、母が微笑《ほほえ》んで、「荷物、重いだろ」

「転がしてるから平気」

と、岐子は首を振《ふ》って、「でも――よく分ったね、この列車だって」

「あんたのことは分ってるわ」

と、母は言った。「疲《つか》れたろ。ご飯は？」

「うん。まだ……」

「じゃ、お腹空《なか》いたでしょ。母さんが押《お》してやるよ」

「大丈夫《だいじょうぶ》。これって、こつがあるの」

岐子は、何だかホッとして、体のこわばりがほぐれた。

一応《いちおう》舗装《ほそう》はしてあるものの、長距離《ちょうきょり》の大型トラックの通り道なので、あちこちに穴《あな》があいている。それを補修《ほしゅう》するだけのお金は、この小さな田舎町《いなかまち》にはなかった。

岐子は、うまく穴《あな》をよけながら、スーツケースをガラガラと押《お》して行った。

「お母さん」

と、ふと思い付いて、「もしかして、ずっと待ってたの？　前の急行から……」

わざと各駅停車の列車を選んで、遅《おそ》く着いた岐子である。急行からずっと待っていたのなら、母はあの改札口で二時間近くも立っていたことになるのだ。

「まさか。列車も来ないのに待っててどうする？」

と、母、早苗《さなえ》は笑って、「急行に乗ってなかったんで、家に帰って、夕ご飯の用意して来たわよ」

「そう……」

でも、やはり急行を待っていてくれたんだ。

「お母さん。そのとき——急行が着いたとき、誰《だれ》かいた？」

「学校の先生?」

「先生か——町のお役人とか」

「誰《だれ》もいなかったよ」

と、早苗は首を振《ふ》った。

「そうか……。そうだよね」

岐子は足を止めた。「じゃ、何も各駅停車を待ってなくても、急行で帰って来りゃ良かったんだ」

「岐子。もうすんだことは考えないようにおし」

「うん……」

そう。たかが一人の高校一年生、十六歳《さい》の女の子を、誰《だれ》が迎《むか》えに来るだろう。

出かけるときには、町長、校長をはじめ、大勢《おおぜい》の人が見送ってくれたとしても、帰ったときは、事情《じじょう》が違《ちが》う。

でも——町長や校長先生はともかく、担任《たんにん》の桜井《さくらい》先生くらいは迎《むか》えに来ていても良さそうなものだ。

そんなことを考えて何になるだろう。桜井先生だって、少しも岐子のことを好きではなかった。

誰《だれ》も――誰《だれ》も私《わたし》のことなんか、好きじゃない。私《わたし》を笑い、冷ややかに、

「ざまみろ」

と眺《なが》めているのだ。

「岐子、どうしたの」

と、早苗が言った。「早く家へ帰って、のんびりするのよ」

母の手が、岐子の肩《かた》をそっと抱《だ》いた。その優《やさ》しさは、もう長く岐子が忘《わす》れていたものだった。

岐子の中で、何かが一気に溶《と》けて行った。

「岐子――」

早苗は、我《わ》が子《こ》が胸《むね》に顔を埋《う》めるようにして泣くのを、黙《だま》って抱《だ》き止《と》めていた。

その涙《なみだ》は、悔《くや》しさでもない。悲しさでもない。張《は》りつめ、疲《つか》れ切《き》った心が、今一気に叫《さけ》び声《ごえ》を上げているのだ。

早苗もまた、我《わ》が子《こ》へ何も言ってやることのできない悲しみを、胸《むね》の奥《おく》に抱《かか》えていた。

折しも、絹糸《きぬいと》のような雨が音もなく降《ふ》り始め、母と娘《むすめ》を濡《ぬ》らした。

しかし、岐子は自分が濡《ぬ》れていることなど気付きもせずに、ただ母の胸《むね》で泣き続けていた……。

「有田《ありた》」

教室へ入って来るなり、桜井が言った。

桜井等《ひとし》は、この高校の一年A組の担任《たんにん》である。四十代の半ばだが、髪《かみ》はすっかり薄《うす》くなって、いつも怒《おこ》っているようなしかめ面《つら》をしていた。

「──有田岐子」

「はい」

今度は何を叱《しか》られるのかな。

岐子はいささかうんざりしながら立ち上った。

桜井はジロッと岐子を見た。その目つきは、ただ何かで文句《もんく》を言おうというのとは、どこか違《ちが》って見えた。

「有田。お前、〈こどもの権利《けんり》〉何とか、っていうのに応募《おうぼ》したのか」

と、桜井が言った。

「〈こどもの権利《けんり》と主張国際会議《しゅちょうこくさい》〉ですか。出しました」

「そうか」

桜井は面白《おもしろ》くもなさそうに、「新聞社から学校の方へ連絡《れんらく》があった。お前が日本代表に選ばれたそうだ」

さすがに、ざわついていた教室は一瞬《いっしゅん》静かになり、それから「オーッ」という声と拍手《はくしゅ》が起った。

岐子はあまり驚《おどろ》かなかった。驚《おどろ》くより何より、何かの悪い冗談《じょうだん》か、と思った。

みんなが静まると、桜井は、

「今日、午後に新聞社の人が来て、説明があるそうだ。昼休みが終ったら、校長室へ来い」

と言った。

「はい」

「〈こどもの権利《けんり》〉か」

桜井は苦々しげに、「これ以上、何の権利《けんり》が欲《ほ》しいんだ？　〈こどもの義務《ぎむ》〉の方を考えてほしいもんだな」

岐子は着席した。

桜井に何を言っても、分ってもらえないだろうと思った。

しかし、何よりそのしかめ面《つら》が、それが事実だということを教えてくれた。

朝のホームルームはすぐ終り、桜井が出て行くと、たちまち岐子はクラスの子たちに囲まれた。

ただ、誰《だれ》も岐子が何をしたのか、よく分っていなかった。「何とかの代表」に選ばれたということが話題になっているだけだ。

中には、

「ねえ、テレビに出るの？」

「水着の審査《しんさ》もあるの？」

などと訊《き》いて来た子もいた。

岐子は何も言わなかった。簡単《かんたん》に説明できることでもなかったからだ。

——昼休みの後、校長室へ行った。

校長室には、何度か呼《よ》ばれている。

「失礼します」

と、中へ入って行くと、

「ああ、これが有田岐子君です」

と、校長が言った。

岐子はびっくりした。今まで「君」などつけて呼《よ》ばれたことがない。

校長室の応接《おうせつ》セットのソファに、まだ若《わか》い印象の、背広姿《せびろすがた》の男が座《すわ》っていた。

「こちら、A新聞の桐山《きりやま》さんだ」

「有田岐子です」

と、頭を下げる。

「やあ」

と、腰《こし》を浮《う》かして握手《あくしゅ》をすると、「桐山法男《のりお》だ。君の作文は面白《おもしろ》かった」

「ありがとうございます」

岐子もソファにかけて、〈こどもの権利《けんり》と主張国際《しゅちょうこくさい》会議〉についての詳細《しょうさい》を聞いた。

ジュネーヴ。——もちろん、岐子はそんな所へ行ったことはない。

「あの……」

桐山の説明が終って、岐子が真先に訊《き》いたのは、「その旅行の費用は、誰《だれ》が出すんでしょうか」

ということだった。

桐山はちょっと笑って、

「心配しなくていいよ。この会議には、うちが協賛《きょうさん》しているからね。飛行機代とホテル代はうちの新聞がもつ」

「そうですか」

岐子はホッとした。

「会議そのものが三日間あって、土日にかかるけど、やはり前後二、三日は学校を休むことになる。——その辺は学校側でご配慮《はいりょ》いただけますか」

水田《みずた》校長は、岐子が見たこともない愛想《あいそ》のいい笑顔《えがお》で、

「もちろん、私《わたし》どもとしても極力有田君を支援《しえん》して行きたいと思います」

と答えた。

「よろしく。——これが具体的な日程《にってい》だ」

と、桐山は岐子に印刷物を渡《わた》して、「よく見ておいてくれ」

「はい」

「とりあえず、君の経歴《けいれき》を出してもらう。僕《ぼく》の所へ、ファックスでも郵送《ゆうそう》でもいいから、一週間以内に送ってくれ」

と、桐山は言って、「そうそう。君の写真を撮《と》って帰れと言われてるんだ」

桐山はポケットから小型のカメラを出して、

「じゃ、学校の正面を入れて……。すぐにすむから」

「はい」

戸惑《とまど》いと気恥《きは》ずかしさ。そしていくらかの晴れがましさ。

午後の授業《じゅぎょう》はもう始まっている。

静かな玄関《げんかん》の前に立って、岐子は少し緊張《きんちょう》してカメラを見つめた。

「——これでいい。ありがとう」

と、桐山が肯《うなず》いて、「たぶん、僕《ぼく》もジュネーヴに一緒《いっしょ》に行くことになると思う。心配はいらないよ」

「はい」

岐子は少し安堵《あんど》した。

桐山は、ちょっと校舎《こうしゃ》の方へ目をやって、

「君は、あの水田校長にはあまり好かれていないようだね」

「私《わたし》……作文に書いた通り、反抗的《はんこうてき》って見られてるんです」

「大変だろうな。——でも、その独立心《どくりつしん》が認《みと》められて代表に選ばれたんだ。自信持って」

「はい」

胸《むね》が熱くなった。

岐子は、大人からこんな言葉を聞いたことはなかった。

「生意気だ」

「素直《すなお》じゃない」

「ひねくれ者」

いつもそう言われ続けて来たのだ。

桐山の言葉は、岐子の目頭《めがしら》を熱くさせた。

どんなに悔《くや》しくても泣かなかった岐子が、桐山の笑顔《えがお》に目を潤《うる》ませたのだった……。

2　自由

ジュネーヴの空は、突《つ》き抜《ぬ》けるように青かった。

岐子は、生れてこの方、こんなに高い空を見たことはなかった。

その青空に向って、一杯《いっぱい》に手を伸《の》ばしたように、大きな噴水《ふんすい》が真直《まっす》ぐに伸《の》びている。

岐子は思いきり深呼吸《しんこきゅう》した。

飛行機では、緊張《きんちょう》してあまり眠《ねむ》れなかったのだが、そんなモヤモヤも疲労《ひろう》も、どこかへ消し飛んで行った。

ホテルに着いて、部屋へ入るのに少し時間がかかると言われたので、道路一本渡《わた》ったレマン湖のほとりへやって来た。

噴水《ふんすい》の先端《せんたん》が、太陽の光を浴びて、キラキラと光っている。

――今、自分が日本でない国の空の下にいることがふしぎだった。

今ごろ、学校ではみんな何をしているのだろう？

だが、今の岐子は、学校のことを考えても少しも気が重くならない。このすばらしい一瞬《いっしゅん》が、永遠《えいえん》に続くような気がした。

「きれいね」

と、日本語が聞こえて、岐子は振《ふ》り向《む》いた。

明るい栗色《くりいろ》の髪《かみ》の少女が立っている。

「日本の人でしょ？」

「ええ。あなた……」

「私《わたし》はミシェル・プレール・加藤《かとう》。母が日本人なの」

発音は少し外国人風だが、きれいで分りやすい日本語だった。

「私《わたし》は有田岐子」

「ミチコ？　ミシェルと呼《よ》んでね」

二人は握手《あくしゅ》をした。

「ミシェル、どこから？」

「フランス。すぐ近くだけど、スイスに入るのは初めてなの」

「すてきな所ね！」

と、岐子は言った。「風景がきれいっていうだけじゃなくて、開け放たれてるわ。いくらでも手足が伸《の》ばせる気がする」

「分るわ」

と、ミシェルという少女は言った。「ミチコ、あなたのリポートね。学校で授業《じゅぎょう》を受けさせてもらえなかった、って……」

「ええ。読んだの？」

「日本語が懐《なつか》しくて読んだの。小学校までは日本にいたから」

と、ミシェルは言った。「でも読んで驚《おどろ》いたわ。まだ私《わたし》のいたころ、日本の学校はそんなにひどくなかった」

「私《わたし》の書いたもの、読んでくれたなんて……。恥《は》ずかしい」

「そんな！　立派《りっぱ》だったわ。私《わたし》、感心したもの」

「ありがとう。でも、人前で話すのは慣《な》れてない。ちゃんと話せるか、心配だわ」

「大丈夫《だいじょうぶ》よ。真剣《しんけん》に話せば聞いてくれる」

思いがけず、言葉の通じる少女と知り合えて、岐子は心が弾《はず》んだ。

「――あ、呼《よ》んでるわ。行きましょう」

と、ミシェルが岐子を促《うなが》した。

部屋割《へやわり》を聞いて、岐子はミシェルと同室と知って、飛び上らんばかりに喜んだ。

同行した桐山が、気をつかってくれたのだ。

岐子は、自分の人生が大きく変っていくような、そんな気持さえしていた……。

顔がほてって、岐子はパーティを抜《ぬ》け出《だ》した。

夜はさすがに寒いが、今の岐子には快《こころよ》い。

ホテルのテラスには人影《ひとかげ》もなく、静かだった。

レマン湖が見える。——対岸の灯《ひ》が湖面に映《うつ》って揺《ゆ》れていた。

「大丈夫《だいじょうぶ》かい？」

桐山がテラスへ出て来た。

「ええ。少しのぼせたのかな」

岐子は、明るい広間のにぎわいを、テラス越《ご》しに眺《なが》めた。

——午後、市内の観光をしてから、ホテルへ戻《もど》って夕方から会議の説明と打合せ。

岐子は二日目の昼前にスピーチをすることになった。むろん日本語で、同時通訳《つうやく》がつく。

その席で初めて、今夜のパーティのことを聞いた。

「中へ入って、楽しめよ。同じ世代の子たちだ。言葉が分らなくても、向うだって同じことさ」

桐山はそう言ってくれるが、

「こんな席、慣《な》れてないもの。それに着る物も……」

欧米《おうべい》で十六、七はもう大人だ。

「悪かったね。僕《ぼく》もこんなパーティがあるとは聞いてなかったんだ」

他の国の子たちはしっかりパーティ向きの格好《かっこう》をして、にぎやかに踊《おど》ったりしている。

ミシェルも白のドレスで、ハッとするほど「大人」である。

明るい光の下、ダンスに興《きょう》じ、男の子とにぎやかに笑い合っているミシェルたちを見ると、岐子は自分がどんなに我慢《がまん》して来たか――何もかも、自分のしたいこと、楽しむことを抑《おさ》えつけて生きて来たか、痛《いた》いほどに感じた。

「――何を考えてるんだい？」

と、桐山が訊《き》いた。

「別に……」

と、岐子は首を振《ふ》って、「若《わか》いって、楽しいこと？」

と、逆《ぎゃく》に訊《き》いた。

「そう。――そうであるべきだろうね」

「でも、日本じゃちっとも楽しくないわ。あれをするな、これをするな。こんなことをする奴《やつ》は不良だ。大人の言うことを聞け。そう言われ続けてる」

「そうだなあ。――日本の大人は、子供《こども》を放っておくと、ろくなことをしないと思《おも》い込《こ》んでる」

「でも、それじゃいつまでも自分でものごとを決められないわよね。何でも言われた通りにしてたら、自分で考える必要なんてないんですもの」

「うん。その方が楽だからね。自分で決めたことでなければ、責任《せきにん》を取る必要もない」

「私《わたし》、そんなの、いやだわ」

と、岐子は言った。

ミシェルがテラスへ出て来た。

「見付けた！　ミチコ、こんな所で何してるの？」

と、息を弾《はず》ませている。「中へ入って。さあ、せっかくのパーティよ」

「だめよ、私《わたし》。ダンスなんてできないし、それにこんな格好《かっこう》で……」

スピーチをする時のための、ワンピースを着てしまった。ジーンズやTシャツ以外はこれしかないのだ。

「充分《じゅうぶん》よ！　ね、スペインから来た男の子がミチコに会いたがってるの。日本の女の子はもてるのよ」

「そんな……。言葉もできない」

「向うもかたことの英語。平気平気！　いらっしゃい！」

ミシェルに腕《うで》を取られて、岐子はパーティのにぎわいの中に引張《ひっぱ》り込《こ》まれた。

「さあ、連れて来た！　ホセ、ミチコよ」

色の浅黒い、キリッとした顔立ちの少年である。岐子の手を取ると、

「ハジメマシテ」

と言って、岐子の手の甲《こう》に唇《くちびる》をつけた。

「私《わたし》が教えたの」

と、ミシェルが言って、「さあ、二人でゆっくり楽しんで！」

「ミシェル、待ってよ！　一人にしないで！」

「私《わたし》はいい男を見付けてあるの！　それじゃ後でね！」

ミシェルはたちまち、大勢《おおぜい》の中に紛《まぎ》れてしまった。

ホセと向い合って、岐子は目を上げることもできなかった。

「ドリンク？」

と訊《き》かれて、岐子は、喉《のど》が渇《かわ》いていることに気付いた。

「イエス！」

と肯《うなず》く。

二人は手をつないで飲物の並《なら》んだテーブルへと、人ごみの中を進んで行った。

とりあえず、最初の会話は成立したのである。

3　スピーチ

会議二日目の朝、岐子は六時前に目が覚めてしまった。

いよいよ今日の昼前にスピーチの順番が回ってくる。

一日目、他の国の子たちのスピーチをずっと聞いて、メモを取った。

中には全く聞いたこともない国の子もいる。そして、そういう国では、学校教育の内容《ないよう》以前に、内戦で学校が焼かれ、子供《こども》たちが殺される、という状況《じょうきょう》だということが多かった。

岐子は、あのパーティで明るく屈託《くったく》なくはしゃいでいた子たちが、親兄弟を内戦やテロで失っていることを知って、胸《むね》をつかれた。

岐子のように、「学校での強制《きょうせい》に反抗《はんこう》して、授業《じゅぎょう》を受けさせてもらえない」という悩《なや》みなど、そもそも「学校へ行けない」という子たちから見れば、ぜいたくな悩《なや》みなのかもしれない。

一日目のスピーチを聞き終って、岐子は何を話すべきか、分らなくなってしまった。

ゆうべ、あまり眠《ねむ》れなかったのも、そのせいだった。

でも、逃《に》げるわけにはいかない。

岐子はシャワーを浴びて目を覚ました。

しばらく迷《まよ》ってから、電話へ手をのばす。〈日本へのかけ方〉を、桐山がメモしてくれた。——岐子は、どうしても母親の声が聞きたかったのである。

「——もしもし、お母さん？」

「岐子。どうしたの？　もう帰って来たの？」

と、母が言ったので、岐子は笑って、

「違《ちが》うよ。今、スイスから。ホテルからかけてるの」

「まあ、そんなに遠くから？　それにしちゃよく聞こえるね」

「そうだね」

「元気なの？」

「うん……。今日、話をする日なの。何だか――怖《こわ》くって」

「まあ、あんたが？　珍《めずら》しいね」

「本当だね。――私《わたし》、自分なんかがここに来て良かったのかな、って思っちゃって……。そう考え始めたら、話すのが怖《こわ》くなったの」

素直《すなお》にそう言うと、少し気が楽になった。

「大丈夫《だいじょうぶ》だよ」

と、母は言った。「あんたの思った通りのことを話しなさい。他の人の言うことじゃなくて、あんたにしか話せないことを」

いつも通りの、のんびりした母の口調だった。

「ご飯よ」とか、「お風呂《ふろ》がわいてるよ」と言うのと少しも変らない。

その口調が、岐子の不安を鎮《しず》めてくれた。

「うん、そうだね。――それしかないよね」

「胸《むね》を張《は》って、背筋《せすじ》を真直《まっす》ぐ伸《の》ばしてね！」

「うん」

岐子は肯《うなず》いた。「うん。ありがとう、お母さん」

「帰って来たら、すき焼きをしようね」

と、母は言った……。


朝食の席で、岐子は桐山の姿《すがた》を捜《さが》した。

朝食の時間を決めてあるので、ここで会うはずだったが……。

朝食を食べ終えても、桐山は姿《すがた》を見せなかった。

どうしよう？　少し待っていた方がいいのか……。

迷《まよ》っていると、不意に誰《だれ》かが岐子の向いの席に座《すわ》った。

「有田岐子君だね」

背広姿《せびろすがた》の、五十代くらいか、大分年輩《ねんぱい》の男である。

「はい」

「A新聞の三木《みき》というんだ。今日の取材をする」

「あの――桐山さんは?」

「桐山はね、急な仕事で日本へ帰った。僕《ぼく》がその代りだ」

岐子は面食らった。

「でも、ゆうべ何もおっしゃっていませんでした」

「うん、突然《とつぜん》でね。まあ新聞社ってのは、そんなことは年中さ」

「そうですか……」

岐子は、桐山がメッセージ一つ残さずに帰国してしまったことに失望していた。

「今日の十一時半ごろだね、君のスピーチは」

と、三木が手帳を見て言った。

「そうです」

「まあ、しっかりやれよ。会場で聞いてるから」

それだけ言って、三木はさっさと行ってしまった。

岐子は、三木がいやに素気《すげ》ない態度《たいど》なのを見て、いやな気分になった。十六歳《さい》の少女が国際《こくさい》会議という場で話をするのだ。もう少し気づかってくれてもいいのに……。

でも――文句《もんく》はよそう。

今は自分の話すことだけ、考えていよう。

「あんたにしか話せないことを……」

という母の言葉が、耳に残っていた。


「ミチコ・アリタ。ジャパン」

と、名が呼《よ》ばれた。

ミシェルが、

「しっかりね！」

と、岐子の肩《かた》を叩《たた》いた。

ミシェルはもう昨日、スピーチをすませているから気楽だ。

岐子は立ち上って、広い会議場の中を、演壇《えんだん》へと進んで行った。

マイクの前に立つと、ふしぎに落ちついた。

出席している子たちが同時通訳《つうやく》のイヤホンをつける。

話す時間は十分しかない。

一つ深呼吸《しんこきゅう》して、岐子は胸《むね》を張《は》り、背筋《せすじ》を伸《の》ばした。

「有田岐子です。日本から来ました」

声は震《ふる》えていなかった。

ミシェルと目が合うと、ミシェルは微笑《ほほえ》んだ。岐子は、しっかりした声で続けた。

「日本の学校は、どこも立派《りっぱ》な建物です。机《つくえ》も椅子《いす》も、テレビもあります。プールがあって、冬でも泳げるように室内になっているところも少なくありません。ビデオや、英会話のための装置《そうち》も一人ずつが使えます。日本の学校には何でもあります。でも、たった一つだけ、今の日本の学校にないものがあります。それは『自由』です」

きっかけは、岐子の入った中学校に「制服《せいふく》がない」ということだった。

当時、岐子の父は病気で入院していた。母はその看病《かんびょう》をして、家政婦《かせいふ》の仕事の収《しゅう》入《にゅう》で暮《くら》しを支《ささ》えた。

当然、食べていくのがやっと、という生活。岐子は、入学の日、自分以外の子がみんな同じブレザーを着ているのにびっくりしたが、問われて、

「制服《せいふく》じゃないのなら、いらない」

と、先生に答えた。

校則《こうそく》に「望ましい服装《ふくそう》」という一項《こう》があって、それが「紺《こん》のブレザー、チェックのスカート」を指定していたのである。

全校生徒の中で、私服《しふく》で通っていたのは岐子一人だったが、決してだらしのない格《かっ》好《こう》はしなかったし、そんなことは気にもしていなかった。

一年生の二学期、新しい校長が来ると、岐子はしばしば、「ブレザーを着ろ」と先

生から言われた。

岐子はそれでも「制服《せいふく》とは書いてない」と言《い》い張《は》って、拒《こば》み続けた。

正直、意地を張《は》っていたところもある。

父親は回復《かいふく》して働き始めていたから、ブレザーの一枚《いちまい》くらい買ってもらえただろう。

しかし岐子は、ブレザーを着ないという、それだけのことで、毎日給食の時間になると呼《よ》び出《だ》され、職員室《しょくいんしつ》の中でじっと待たされて、何も言われずに帰されると、もう給食は片付《かたづ》けられている、といった「いやがらせ」を、大人が――それも学校の先生がやるということに怒《おこ》っていた。

二年生になると、岐子は教室で授業《じゅぎょう》を受けさせてもらえなくなった。

「一人だけ、服装《ふくそう》の違《ちが》う者がいると、教室の空気が乱《みだ》れる」

と、大真面目で先生は言った。

岐子は毎日、別室で一人、自習しなければならなかった。当然、成績《せいせき》は落ちる。

――父親は、もともとが自分の病気のせいだと後ろめたく思っていたのか、何も言わなかった。

母親は「岐子が正しいと思ってしていることなら」と、黙《だま》って見守っていてくれた……。

結局、中学の二年生の途中《とちゅう》で、岐子は完全に私服《しふく》の学校へ移《うつ》った。

今の高校へ入るとき、岐子は「学校生活を楽しもう」と決心していた。

毎日学校へ通うのが苦痛《くつう》になるような暮《くら》しはいやだった。

幸い、同じ中学からの子も何人かいて、岐子は「ごく普通《ふつう》の高校生」でいられるだろうと思っていたのだ。

しかし――登校初日、岐子は校長室に呼《よ》び出《だ》された。

水田校長は口を開くなり、

「君が問題児の有田か」

と言ったのである。

そして、まるで脅《おど》しつけるように、

「この学校で勝手な真似《まね》は許《ゆる》さんぞ！」

と、岐子をにらみつけて言った。

岐子はさすがに腹《はら》が立って、

「私《わたし》が何をしたっておっしゃるんですか」

と訊《き》いた。

「その口答えが生意気なんだ！」

と、水田は机《つくえ》を叩《たた》きながら怒鳴《どな》った。「逆《さか》らうことは許《ゆる》さん！　分ったか！」

――岐子は、長い三年間になると覚悟《かくご》した。

しかし、高校では何人か、岐子を力づけてくれる先生もいて、救われていた。

そして、この国際《こくさい》会議への出席である。

水田校長は内心面白《おもしろ》くなかったはずだが、小さな町にとっては大ニュースで、町長までが出発のとき、駅で見送ってくれた。

水田も一緒《いっしょ》になって笑顔《えがお》で写真におさまらないわけにはいかなかった……。

スピーチの持ち時間の十分はたちまち過《す》ぎて行った。

あと一分、という合図が司会者から送られて、岐子は、まだ話そうと思っていたことの半分も終っていないので、一瞬《いっしゅん》迷《まよ》った。

何とか話をまとめなければ――。

でも、どうすれば？　迷《まよ》っているうちに、時間はどんどん過《す》ぎていく。

そのとき、母の言葉が頭をよぎった。

「あんたにしかできない話をしなさい」

そうだ。話しているのは私《わたし》。十六歳《さい》の女の子なのだ。

有名な学者や政治家《せいじか》じゃない。大演説《だいえんぜつ》をぶっているわけではないのだ。

そう思い付くと、気が軽くなった。

「――この中には」

と、岐子は言った。「学校へ行きたくても行けない人もいます。学校が戦争で破壊《はかい》されてなくなってしまった国もあります。そんな人たちから見れば、学校で制服《せいふく》を着ようと着まいと、大したことじゃないように思えるかもしれません。こんなこと、悩《なや》みや苦しみのうちに入らないかもしれません。でも――」

岐子は一段《いちだん》と力をこめて言った。

「私《わたし》はそうは思いません。戦争をする人たち、それも自分は安全な所にいて、戦争に行けとけしかける人たちは、私《わたし》を教室からしめ出した人たちと同じだと思うからです。力をかさにきて、人を従《したが》わせる。言いつけに逆《さか》らうことを許《ゆる》さない。それは、戦争をする人々にとっても必要なことです。小さなことでも、いやなことはいやだとはっきり言うこと。その勇気が、戦争のような大きな悲劇《ひげき》を防《ふせ》ぐのだと思います。――以上が、私《わたし》の『小さな戦い』のお話です。ありがとうございました」

少し時間はオーバーしたが、深々と頭を下げたとき、岐子は涙《なみだ》が一滴《てき》、頰《ほお》を伝うのを感じた。

拍手《はくしゅ》が起った。

熱く、力強い拍手《はくしゅ》だった。

壇《だん》から下りても、拍手《はくしゅ》は止《や》まなかった。

ミシェルが、満面の笑《え》みを浮《う》かべて、

「ミチコ！　すばらしかったよ！」

と言った。

席についたとたん、岐子はドッと疲《つか》れが出て、昼休みに入っても、しばらく立つことができなかった。

しかし、いずれにしても岐子はこの日、昼食抜《ぬ》きになった。昼休みに、大勢《おおぜい》の出席者や取材に来た外国のマスコミから、質問《しつもん》攻《ぜ》めにあったからだ。

どの質問《しつもん》も、岐子の話に共感を覚えていることを感じさせた。岐子も、通訳《つうやく》の人と一緒《いっしょ》に、精一杯《せいいっぱい》返事をした。

しかし、誰《だれ》もやって来なかったのは――日本のマスコミだった。やっと時間ができて、A新聞の三木を捜《さが》したが、どこにも姿《すがた》はなかった。

でも岐子は握手《あくしゅ》のし通しで赤くなってしまった右手を見て、幸せだった……。

4 背信《はいしん》

三日間の会議が終って、夕食会の席で、岐子はホセと隣《となり》になった。

言葉ができなくても、もう少しも怖《こわ》くない。

英語の単語を適当《てきとう》に並《なら》べて、岐子は充分《じゅうぶん》にホセと打ちとけて話していられたのだ。

お互《たが》い、帰国しても手紙のやりとりをしよう、と約束した。

「ミチコ」

と、現地《げんち》のスタッフの女性《じょせい》がやって来て、「ジャパニーズペーパー」

と、日本の新聞のファックスを渡《わた》してくれた。

「サンキュー」

岐子は、A新聞の紙面に、この会議についての記事を捜《さが》した。

もちろん、一面トップになるような、大きなニュースではないだろう。でも、A新聞は会議を協賛《きょうさん》しているのだから、少しは大きく扱《あつか》ってくれても良さそうなものだ。

岐子の手が止った。——片隅《かたすみ》の記事が、目を引《ひ》き寄《よ》せた。

見る見る、岐子の顔は真青《まっさお》になった。

ホセが心配して、ミシェルを呼《よ》んだ。

ミシェルが駆《か》けて来て、

「ミチコ、どうしたの?」

岐子は立ち上った。

「ごめんね。部屋に戻《もど》ってる」

「ミチコ——」

岐子は走り出していた。何かに追われるように、逃《に》げ出《だ》した。

部屋へ飛《と》び込《こ》んで、ベッドに腰《こし》をおろす。

喘《あえ》ぎながら、手にした新聞のファックスを床《ゆか》へ取り落としていた。

〈晴れの舞台《ぶたい》、一転して恥《はじ》の舞台《ぶたい》に〉

という見出し。

記事は、岐子が個人的《こじんてき》な「学校への恨《うら》み」の話に終始して、満場の「失笑《しっしょう》を買った」と書いていた。

「拍手《はくしゅ》もまばら」で、その後ロビーでは、「日本人は自分たちがどんなに恵《めぐ》まれているか分っていない」という批判《ひはん》が聞かれた……。

——こんなひどいことって！

でたらめだ！　こんな記事がなぜ……。

じっとしていられなかった。

バッグの中身をベッドの上にぶちまけ、桐山の名刺《めいし》をつかむと、電話へと手を伸《の》ばしていた。

つながるのに少しかかった。

「――桐山です」

と、声が聞こえた。

岐子は、受話器を持つ手が震《ふる》えるのを、必死でこらえなくてはならなかった。

「もしもし、どなた？」

「有田岐子です」

桐山はしばらく無言だった。

「――お疲《つか》れさま」

「どういうことですか。――説明して」

「岐子君……」

「あんな記事、嘘《うそ》ばっかりだわ。どうして？　私《わたし》――信じられない！」

悔《くや》し涙《なみだ》が溢《あふ》れて来て、止められなかった。

しばらくして、桐山が言った。

「ひどい記事だったね。僕《ぼく》も残念だ」

「桐山さん――」

「突然《とつぜん》、担当《たんとう》を外されたんだ。何の説明もない。記事は三木さんが書いた」

「あの人が……」

「僕《ぼく》は、主催側《しゅさいがわ》の女性《じょせい》に電話して、君が立派《りっぱ》に話をしたと聞いて安心していたんだ。

まさかこんな記事が……」

「じゃあ、桐山さんも知らなかったの？」

「もちろんだ！　記事を読んで、すぐ、どんな事情《じじょう》だったのか、調べてみた」

「それで？」

「あの校長だ」

「水田先生？」

「そう。水田校長が、県の教育委員会の委員に話をしたんだ。君が公《おおやけ》の場で日本の学校の悪口を言おうとしている、とね。その委員が地元選出の国会議員へ話をした」

「それが……」

「その議員は、元大臣でね、うちの新聞の社長と親しいんだ。それで、社長に『母国の悪口を言わせるのが新聞の使命か』と文句《もんく》をつけて来たそうだ」

「それであの記事になったの？」

「急遽《きゅうきょ》、三木さんが派遣《はけん》されて、僕《ぼく》は外された。三木さんは社長のお気に入りだしね」

「ひどい！　そんなことって――」

「全くだ。僕《ぼく》も腹《はら》が立つよ。それに、三木さんはもう帰って来てたんでね、『本当にこうだったんですか』って訊《き》いた」

「どう言ったんですか？」

「うん。――『可愛《かわい》くないんだ、あの子』と言ったよ」

岐子は、呆然《ぼうぜん》とした。

「可愛《かわい》くない……」

「女の子は可愛《かわい》くなきゃ、っていうのが三木さんの口ぐせでね」

――岐子は、腹《はら》も立たなかった。

女の子は可愛《かわい》くなきゃ。

そんな男に、本気で怒《おこ》るのも馬鹿《ばか》らしい。

「――岐子君。本当に申しわけない。僕《ぼく》にできることがあれば……」

「それなら、記事の訂正《ていせい》を出して下さい」

桐山が、ちょっと詰《つま》って、

「訂正《ていせい》は容易《ようい》じゃないよ。しかも、訂正《ていせい》するとなれば、一行や二行じゃすまない。見出しから全部直さないと」

「だって、全部嘘《うそ》なんだもの」

「それは分るが……」

桐山も、一人の社員としての立場から抜《ぬ》け出《だ》すことはできなかったのだろう。

「もういい」

岐子は電話を切った。

――同室のミシェルが、いつの間にか入って来ていた。

「ミシェル……」

「見たわ、新聞。ひどいわ！」

「ありがとう」

「ミチコ。——大丈夫《だいじょうぶ》？」

「うん」

岐子はミシェルの手を取った……。


「お母さん」

と、岐子は言った。

「どうしたの？」

母、早苗が顔を上げる。

夜、寝《ね》つけない岐子は、パジャマ姿《すがた》で起き出して来たのだ。

早苗は内職《ないしょく》をしていた。

「明日、学校へ行くことを考えると――」

「行きたくない？」

「うん……。やっぱりいやだよ。意気地《いくじ》がないかな」

「そんなことないわ。あんたは立派《りっぱ》よ」

「お母さんがそう言ってくれると嬉《うれ》しい」

「ね、岐子」

と、母は手を止めて、「向うで話をしたとき、聞いてた人が沢山《たくさん》いたんでしょ？」

「うん……。百人以上」

「百人の人が、あんたの話を聞いた。その百人の人が、自分たちの国へ帰って、あんたの話したことを、身の回りの十人の人に話したとしたら、それでもう千人の人が、あんたの話を聞いたことになるわ。その千人の人が、またそれぞれ十人に話せば……。新聞がどう書こうが、真実の方が強い。残るのよ、人の心に」

母の言葉は、岐子の胸《むね》に熱くしみ込《こ》んで来た。

「ありがとう、お母さん」

岐子は立ち上って、「ぐっすり眠《ねむ》れるよ、これで」

――その夜、岐子は本当にぐっすり眠《ねむ》ったのである。


「そうか」

白髪《しらが》の男はゆっくりと肯《うなず》いて、「君があのときの……」

「老《ふ》けましたね」

と、岐子は言った。

桐山は笑って、

「ズバリと本当のことを言うのは、変らないね」

「具合でも?」

「うん。二年前に胃を取ってね。その手術《しゅじゅつ》がすんだら、髪《かみ》がこんなになっていたよ」

――A新聞の社屋は新しく、ロビーは広々としていた。

「もう十年たつのか」

と、桐山は言った。「時々、君のことを思い出して心配になったよ」

「時々？」

と、岐子は言って、「そうですよね。忙《いそが》しいんですものね、記者の方は。私《わたし》は一日も忘《わす》れたことないわ」

「当然だよ」

桐山はため息をついて、「今でも、君にひどいことをしたと……」

「あなたを責《せ》めに来たわけじゃありません」

と、岐子は言った。「私《わたし》、あのときのことがむだだったとは思っていません。でも、今は、戦うことだけに自分の人生を費やしたくない。そう思うんです」

「君は……二十六になったのか。──大人になったね」

「ええ」

と、岐子は肯《うなず》いて、「でも、私《わたし》のこれからの日々は長いわ。三木さんや、水田校長の日々は、あのころで、もう終っていたんです」

「三木さんは去年亡《な》くなったよ。飲《の》み過《す》ぎて肝臓《かんぞう》をやられてね」

「あなたも体を大切にね」

と、岐子は言った。「今日は、私《わたし》、ここで待ち合せてる人がいるの」

「ほう」

ロビーの一角がざわついていた。

桐山が振《ふ》り返《かえ》って、

「ああ、知ってるかい？　サッカーのスーパースターのホセだ」

カメラや取材の人々に囲まれて、しなやかな体つきの若者《わかもの》がやって来る。

「ええ。——彼《かれ》に会いに来たんです」

岐子は立ち上った。「ホセ！」

ホセが嬉《うれ》しそうに駆《か》けて来る。

岐子は、桐山へ、

「お元気で」

と言うと、長身の若者《わかもの》としっかり抱《だ》き合《あ》って、ロビーの奥《おく》へと駆《か》けて行った。

取材陣《しゅざいじん》があわてて追いかける。

「――桐山さん」

と、若《わか》い記者が言った。「今の女性《じょせい》、知り合いですか？」

「うん？――まあね」

と、桐山は肯《うなず》いた。

「誰《だれ》なんです？　あのホセの恋人《こいびと》が日本人女性《じょせい》だなんて！」

「あの女性《じょせい》はね……昔、高校生を代表して、とても立派《りっぱ》なスピーチをしたんだ。国際《こくさい》会議でね」

「へえ。桐山さんが取材したんですか？」

「いや……。残念ながらそうじゃない」

と、桐山は首を振《ふ》った。「残念ながらね……」

桐山の目には涙《なみだ》が光っていた。
それは、喜びの涙《なみだ》だった。
いくらかは苦い味がしたけれども。

解説《かいせつ》　学校に忍《しの》び寄《よ》るミステリー

山前《やままえ》　譲《ゆずる》

この世に誕生《たんじょう》し、そして成長していくなかで、親やきょうだい、親戚《しんせき》、近隣《きんりん》の人たちと、人間関係はどんどん広がっていきます。なかでも、保育園《ほいくえん》や幼稚園《ようちえん》、さらに小学校や中学校で育まれていく人間関係は特別なものではないでしょうか。

赤川次郎《あかがわじろう》さんの短編《たんぺん》ベストセレクション、「赤川次郎　ミステリーの小箱」の一冊《さつ》である本書『保健室《ほけんしつ》の午後』には、小学校から高校まで、学校が関係した五編《へん》が収録《しゅうろく》されていますが、最初の「学校、つぶれた?」というタイトルには驚《おどろ》かされるはずです。つぶれた? まさか学校が怪獣《かいじゅう》か何かに踏《ふ》みつぶされてしまった? あー、それなら学校に行かなくてすむ……なんて思ってはいけませんね。

その日の朝、小学五年生の幸子《さちこ》が通う学校の門に、「学校が倒産《とうさん》したので、当分は授業《じゅぎょう》がない」と書かれた紙が貼《は》ってあったのです。この不景気な時代、そんなことがあっても不思議ではないと、いったんは信じてしまう保護者《ほごしゃ》や生徒たちでしたが、それはやっぱりいたずらでした。誰《だれ》が、そしてなんのために？　ミステリーとしての興味《きょうみ》をそそります。さて、さりげなく書かれたその謎《なぞ》を解《と》く手がかりに気付くでしょうか。

次の「拾った悲鳴」の主人公のルミも小学五年生です。授業中《じゅぎょう》、紙飛行機が窓《まど》から飛《と》び込《こ》んできて、彼女《かのじょ》の教科書の上に着陸——先生に気付かれないようにとっさに隠《かく》すのですが、そこにはとんでもないことが書かれていました。〈助けて！　とじこめられています。このままじゃ、死んでしまいます〉と。ママはいたずらだと言うのですが、ルミは学校でさらにいくつか同じような紙飛行機を見つけました。これはいたずらじゃない！　助けてあげようという思いがつのるのです。

一九七六年に「幽霊《ゆうれい》列車」でデビューして以来、たくさんの本を刊行《かんこう》してきた赤川さんですが、記念すべき最初の著書《ちょしょ》は女子高生を探偵《たんてい》役にしての『死者の学園祭』でした。以来、赤川作品では十代のさまざまな姿《すがた》が描《えが》かれています。なかには十歳《さい》にもならない小学生が主人公になった作品もありました。

たとえば短編集《たんぺんしゅう》の『充《み》ち足《た》りた悪漢たち』と『砂《すな》のお城《しろ》の王女たち』では小学生が主人公です。大人の社会を皮肉っていて痛快《つうかい》でした。『夢《ゆめ》から醒《さ》めた夢《ゆめ》』と『ふまじめな天使』は九歳《さい》のピコタンが体験した冒険《ぼうけん》ファンタジーですが、とくに『夢《ゆめ》から醒《さ》めた夢《ゆめ》』はミュージカルになっているので、ご覧《らん》になったことがあるかもしれません。『人形に片目《かため》をとじて』と『ふしぎなどろぼう』は元気な小学一年生のまいちゃんが主人公でした。『子子家庭は危機《きき》一髪《いっぱつ》』に始まるシリーズはちょっと深刻《しんこく》です。お父さんとお母さんが同時に家出！　ともに小学生の姉弟《してい》、律子《りつこ》と和哉《かずや》が生活費を稼《かせ》ぐ姿《すがた》につい涙《なみだ》が……。

「自習時間」の主人公は中学二年生の河田雄一《かわたゆういち》です。始業時間を十分も過《す》ぎて校舎《こうしゃ》に飛《と》び込《こ》んだところ、一時間目は自習時間になっていましたが、その理由を知って青ざめるのでした。人生の分岐点《ぶんきてん》がファンタジックな設定《せってい》で語られていきます。中学生が主人公の赤川作品には『ぼくらの課外授業《じゅぎょう》』や『森がわたしを呼《よ》んでいる』があります。

学校にはいつも学ぶ教室のほかにも色々な部屋がありますが、なかでも保健室《ほけんしつ》には独特の雰囲気が漂っているかもしれません。とある高校を舞台《ぶたい》にした「保健室《ほけんしつ》の午後」では、数学の時間になるときまってお腹《なか》が痛《いた》くなる佐田《さた》みどりが保健室《ほけんしつ》で休んでいるとき、そこに入ってきた「誰《だれ》か」が事件《じけん》の鍵《かぎ》を握《にぎ》っています。保健室《ほけんしつ》の先生が殺された事件《じけん》の！　そして謎解《なぞと》きは三毛猫《みけねこ》が……その猫《ねこ》の名前は赤川作品のなかであまりにも有名なので、あえて記さないでおきましょう。高校の保健室《ほけんしつ》を舞台《ぶたい》にした長編《ちょうへん》ミステリーなら、『保健室《ほけんしつ》の貴婦人《きふじん》』がお薦《すす》めです。

高校生、それも女子高生は赤川作品においてメインキャラクターです。刊行《かんこう》順に、『赤いこうもり傘《がさ》』、『幽霊《ゆうれい》から愛をこめて』、『幻《まぼろし》の四重奏《じゅうそう》』、『青春共和国』、『名探偵《めいたんてい》はひとりぼっち』、『ロマンティック』……と作品を挙げていくときりがありません。

青春ミステリーだけでなく、恋模様《こいもよう》を描《えが》いた『黒鍵《こっけん》は恋《こい》してる』やホラータッチの『怪談人恋坂《かいだんひとこいざか》』と、ヴァラエティに富《と》んでいます。姉妹を主人公にした『恋占《こいうらな》い』は十代の青春が全開でした。映画《えいが》が大ヒットした『セーラー服と機関銃《きかんじゅう》』では大胆《だいたん》なストーリーに驚《おどろ》かされるでしょう。やはり映画化《えいがか》された『ふたり』の姉妹の物語は、その切なさが印象に残ります。

シリーズものでも女子高生は大活躍《だいかつやく》です。『灰《はい》の中の悪魔《あくま》』ほかタイトルに〈悪魔《あくま》〉のついたシリーズでは、花園学園のトリオが元気いっぱいです。「幽霊《ゆうれい》列車」に登場した大学生の永井夕子《ながいゆうこ》のシリーズには、番外編《ばんがいへん》として彼女《かのじょ》の高校時代の事件《じけん》の『知り過《す》ぎた木々』があります。毎年暦《こよみ》通りに一歳《さい》ずつ歳《とし》を取る〈杉原爽香《すぎはらさやか》〉シリーズでは、第一作『若草色《わかくさいろ》のポシェット』が中学時代の、そしてつづく『群青色《ぐんじょういろ》のカンバス』、『亜麻色《あまいろ》のジャケット』、『薄紫色《うすむらさきいろ》のウイークエンド』が高校時代の物語でした。

そして最後の「大人の時間」では、高校一年生の有田岐子《ありたみちこ》の悲しい体験を通して、教育の本質《ほんしつ》が問いかけられています。スイスのジュネーブで行われた〈こどもの権利《けんり》と主張国際《しゅちょうこくさい》会議〉に日本代表として参加した岐子は、制服《せいふく》をテーマに学校における「自由」について問題提起《ていき》しました。話し終えたとき会場は拍手《はくしゅ》が止《や》みませんでしたが、日本では満場の「失笑《しっしょう》」を買ったと報道《ほうどう》されたのです。なぜ？

この作品は実際《じっさい》の出来事をベースにしています。一九九八年五月、ジュネーブで、一九八九年に採択《さいたく》された国連の児童の権利《けんり》に関する条約《じょうやく》が、批准《ひじゅん》各国にきちんと守られているのかどうか、チェックするための会議が行われました。そこで日本の女子高生が、制服《せいふく》を例に挙げて、学校での権力《けんりょく》による人権侵害《じんけんしんがい》について訴《うった》えたのです。そのプレゼンテーションは高く評価《ひょうか》されました。しかし日本での報道《ほうどう》は……。教育の場での「自由」とは、そして社会での「自由」とは。それを考えるきっかけは、「赤川次郎　ミステリーの小箱」の一冊《さつ》である『洪水《こうずい》の前』の収録《しゅうろく》作にもあります。

身近な世界を舞台《ぶたい》にさまざまな物語が展開《てんかい》されているのが本書です。「赤川次郎ミステリーの小箱」にはその他、謎解《なぞと》きが興味《きょうみ》をそそる『真夜中の電話』、恐怖《きょうふ》と愛の物語をまとめた『十代最後の日』、ハートウォーミングな『命のダイヤル』、今の日本社会の危《あや》うさを伝える『洪水《こうずい》の前』と、多彩《たさい》な赤川作品がラインナップされています。さて、あなたは次にどの一冊《さつ》を読みますか？

赤川 次郎（あかがわ・じろう）

1948年福岡県生まれ。日本機械学会に勤めていた1976年、「幽霊列車」で第15回オール讀物推理小説新人賞を受賞して作家デビュー。1978年、『三毛猫ホームズの推理』がベストセラーとなって作家専業に。『セーラー服と機関銃』は映画化もされて大ヒットした。多彩なシリーズキャラクターが活躍するミステリーのほか、ホラーや青春小説、恋愛小説など、幅広いジャンルの作品を執筆している。2006年、第9回日本ミステリー文学大賞を受賞。2016年、日本社会に警鐘を鳴らす『東京零年』で第50回吉川英治文学賞を受賞。2017年にはオリジナル著書が600冊に達した。

編集協力／山前 譲

推理小説研究家。1956年北海道生まれ。北海道大学卒。会社勤めののち著述活動を開始。文庫解説やアンソロジーの編集多数。2003年、『幻影の蔵』で第56回日本推理作家協会賞評論その他の部門を受賞。

〈初出〉

「学校、つぶれた？」	『記念写真』 角川文庫 2008年10月刊
「拾った悲鳴」	『素直な狂気』 角川文庫 1994年2月刊
「自習時間」	『告別』 角川ホラー文庫 1997年4月刊
「保健室の午後」	『三毛猫ホームズの感傷旅行』 光文社文庫 1989年4月刊
「大人の時間」	『教室の正義 闇からの声』 角川文庫 2007年1月刊

赤川次郎　ミステリーの小箱

学校の物語　保健室の午後

2018年1月　初版第1刷発行
2019年4月　初版第3刷発行

著　者　赤川次郎

発行者　小安宏幸
発行所　株式会社 汐文社
東京都千代田区富士見1-6-1
富士見ビル1F　〒102-0071
電話：03-6862-5200　FAX：03-6862-5202
印刷　新星社西川印刷株式会社
製本　東京美術紙工協業組合

ISBN978-4-8113-2456-2　乱丁・落丁本はお取り替えいたします。